Clássicos Juvenis TRÊS POR TRÊS

TRÊS PAIS

HAMLET
William Shakespeare
CARTA AO PAI
Franz Kafka
PAI EMBRULHADO PARA PRESENTE
Paulo Bentancur

ILUSTRAÇÕES ANA MARIA MOURA

Prêmio Açorianos de Literatura 2010
Categoria Infantojuvenil

1ª edição

Coleção Três por Três

Gerente editorial
Rogério Gastaldo

Editora-assistente
Andreia Pereira

Revisão
Pedro Cunha Jr. (coord.) / Lilian Semenichin / David Medeiros

Pesquisa iconográfica
Cristina Akisino (coord.)

Gerente de arte
Nair de Medeiros Barbosa

Assistente de produção
Grace Alves

Diagramação
Aeroestúdio

Coordenação eletrônica
Silvia Regina E. Almeida

Colaboradores
Projeto gráfico
Aeroestúdio

Ilustrações
Ana Maria Moura

Coordenação
Marcia Kupstas

Suplemento de leitura e projeto de trabalho interdisciplinar
Silvia Oberg

Preparação de textos
Silvia Oberg / Andreia Pereira

Dados Internacionais de Catalogação na Publicação (CIP)
(Câmara Brasileira do Livro, SP, Brasil)

Três pais / ilustrações Ana Maria Moura. – 1. ed. – São Paulo : Atual, 2009. – (Coleção Três por três : clássicos juvenis / coordenação Marcia Kupstas)

Conteúdo: Hamlet / William Shakespeare – Carta ao pai / Franz Kafka – Pai embrulhado para presente / Paulo Bentancur.

ISBN 978-85-357-1159-2

1. Literatura infantojuvenil I. Shakespeare, William, 1564-1616. II. Kafka, Franz, 1883-1924. III. Paulo Bentancur. IV. Série.

09-05129   CDD-028.5

Índices para catálogo sistemático:
1. Literatura infantojuvenil 028.5
2. Literatura juvenil 028.5

Copyright © Paulo Bentancur, 2008.

Direitos reservado à
SARAIVA Educação S.A.
Avenida das Nações Unidas, 7.221 – Pinheiros
CEP 05425-902 – São Paulo – SP
www.coletivoleitor.com.br
Tel.: (0xx11) 4003-3061
atendimento@aticascipione.com.br

Todos os direitos reservados.

CL: 810578
CAE: 576131

10ª tiragem, 2022

SUMÁRIO

Prefácio

Três pais preocupados 7

HAMLET – O FANTASMA DE MEU PAI 11

William Shakespeare 12
1. Sombras sobre o trono 13
2. Luto 15
3. As testemunhas 17
4. O fantasma 19
5. A loucura faz o amor esperar 21
6. O teatro no teatro 23
7. A plateia acusa o golpe 25
8. A segunda visita do fantasma 26
9. A reconciliação e o duelo 27
10. A vingança 29

CARTA AO PAI – PREZADO E TEMIDO 31

Franz Kafka 32
  Querido pai (*texto da carta*) 33

PAI EMBRULHADO PARA PRESENTE 49

Paulo Bentancur 50
  1. Hora de partir 51
  2. 6.307.200 quadras 54
  3. Tantas praias 56
  4. Veloz demais 60
  5. Um céu sem aviões 64
  6. O Homem Invisível 67
  7. Voltam os aviões a subir 70
  8. A escolha impossível 74
  9. Sem bagunça e sem paz 75
  10. Hora de nunca mais partir 77

TRÊS PAIS PREOCUPADOS

Três autores, três épocas, três lugares... e um tema central, reunindo três diferentes narrativas. Quantas semelhanças pode haver entre essas histórias, quantas são suas particularidades...

Hamlet, de William Shakespeare; *Carta ao pai*, de Franz Kafka e *Pai embrulhado para presente*, de Paulo Bentancur, que também adaptou os textos clássicos, apresentam três maneiras distintas de relacionamento entre pais e filhos. Hamlet é o jovem príncipe da Dinamarca, assombrado pelo fantasma do pai, que lhe cobra vingança. Kafka se assume protagonista de uma carta para o pai que o "assombra" sem ser fantasma, com seu autoritarismo e críticas constantes. O pai jornalista de *Pai embrulhado para presente* é uma pessoa preocupada com o futuro, já que sua profissão pode levá-lo para longe da convivência com as filhas. São três registros muito diferentes, mas que mostram a onipresença da figura paterna marcando o destino de seus filhos.

Tanto em *Hamlet* como em *Carta ao pai* a narrativa é centrada nos filhos. Hamlet deveria herdar o trono após a morte do pai, em circunstâncias misteriosas. Sua mãe, porém, casa-se com o tio, que se torna rei. Hamlet vê o fantasma do pai, que lhe diz que foi assassinado pelo irmão. Diante de tantas possibilidades infames, o rapaz se dilacera em dúvidas: deve acusar o tio e a própria mãe de conspiração? Deve se vingar deles, desprezando as ligações de sangue que os unem? Deve buscar a justiça dos homens e revelar o odioso crime contra o rei que é seu pai? Mas com que provas? Essas dúvidas "hamletianas" povoam a imaginação do público desde que a peça foi encenada, no início do século XVII, na Inglaterra.

Trezentos anos depois de Shakespeare, Kafka apresenta outro tipo de sentimento em relação à figura paterna. Não é a fidelidade a sua memória que o move, mas o ressentimento. *Carta ao pai* é exatamente isso, a conversa de Kafka com um pai de personalidade e corpo fortes, preocupado com o futuro de um filho tímido e franzino. Seu início contundente traz "uma séria pergunta: por que eu afirmo que você me causa medo?".

No restante, o escritor esmiúça um relacionamento marcado pela intransigência. Talvez uma intransigência de ambas as partes, porque Franz também não compreendia o pai e, ao registrar suas mesquinharias e contradições, foi quase vingativo. Para um adulto de 36 anos (sua idade quando escreveu a missiva), tantas cobranças talvez merecessem outra reflexão, dessa vez de Sartre, escritor de igual relevância na história da Literatura: "O que importa não é aquilo que as pessoas fizeram com você. O que realmente importa é aquilo que você fez com aquilo que fizeram com você.". E o que Kafka fez com sua herança paterna? Ironicamente, elevou o nome Kafka (que também era o de seu pai) à glória literária e à imortalidade, inclusive por uma atividade de escrita desconsiderada pelo pai.

A terceira história é contemporânea, quase uma crônica na leveza de registro de sentimentos e atitudes. O protagonista André (um *alter ego*, isto é, um personagem calcado no autor) é um jornalista que tem duas filhas de dois casamentos, de idades bem diferentes. Júlia tem 21 anos, é estudante de Psicologia, independente e articulada. Sofia tem 6 anos e passa pela fase do "meu pai é meu herói". André ama profundamente as meninas e teme se afastar delas. Lembra de uma viagem feita com Júlia para o litoral e como se viu cobrado pelo editor, que o coloca diante da questão: mudar-se para Brasília e se dedicar ao jornalismo político ou permanecer em Porto Alegre, perto das filhas, mas distante dos centros de decisão? Sua preocupação em ser um pai presente e dedicado pode afastá-lo de importantes conquistas profissionais. O que fazer?

Aqui estão três histórias em que a figura paterna tem um peso muito grande. Em uma delas, é o estopim de uma luta de poder, vingança e decisão. Na segunda, ronda o registro amargurado de um filho que mais temia do que amava ao pai. A terceira, representa a dúvida entre optar pela profissão ou permanecer próximo às filhas queridas. Pais e filhos, sentimentos fortes e tantas vezes conflitantes... A coleção **Três por Três** pretende não só aproximar essas narrativas quanto a seu assunto central, mas permitir que o leitor reconheça suas diferenças.

Afinal, a proposta inovadora da coleção **Três por Três** consiste na adaptação modernizada de textos antigos, de autores significativos da literatura universal, que dialogam com uma história de escritor brasileiro, também autor das adaptações. E tem como desafio maior seduzir o jovem leitor para que conheça o que já foi feito em outras épocas sobre temas que, mesmo em nossos dias, continuam relevantes e desafiadores.

Boa leitura!

Marcia Kupstas

HAMLET
O FANTASMA DE MEU PAI

William Shakespeare

Adaptação de Paulo Bentancur

WILLIAM SHAKESPEARE.

Inglês, nasceu em Stratford-upon-Avon, em 1564, e faleceu na mesma cidade, em 1616. Pouco se sabe de sua vida particular, além de que se casou aos 18 anos com uma mulher mais velha, Anne Hathaway, e teve três filhos. No final dos anos 1580 ou início dos anos 1590, foi para Londres tentar a carreira de ator. É na produção literária que a genialidade de Shakespeare se revela. Desde os primeiros textos, provavelmente representados em eventos populares, até seus grandes dramas, encenados diante da corte da rainha Elisabeth I (1533-1603), o dramaturgo procurou retratar a alma humana nas suas faces mais sublimes e grotescas, personificando, por exemplo, o ciúme e a inveja, em Otelo; a ânsia de poder, em Macbeth, e o amor adolescente, em Romeu e Julieta. Foi popular e reconhecido em vida, mas sua avassaladora influência na arte ocidental veio principalmente no século XIX, com o Romantismo, para se imortalizar entre todos os povos do mundo até os dias atuais.

Essa capacidade de revelar a multiplicidade humana permite explicar a sua popularidade mesmo entre povos não ocidentais e além do limite do palco. Situações e personagens shakesperianos são constantes em séries e novelas de TV, filmes ou romances populares.

Há Shakespeare para todos os gostos, essa é a verdade. Há o registro leve, em um inglês, inclusive, popular, informal nos diálogos de comédias como As alegres comadres de Windsor ou A megera domada; há o lirismo poético dos diálogos apaixonados em Romeu e Julieta; há o rigor histórico no registro das vidas trágicas de Antônio e Cleópatra e Júlio César, por exemplo, ou a análise de almas conturbadas e quase patológicas, caso de Hamlet, cujo protagonista não se isenta de representar a própria loucura para descobrir a verdade, em uma trama repleta de traições e desenganos.

Hamlet é, inclusive, a peça mais longa e ambiciosa, em termos de sofisticação dramática, de Shakespeare. Sua montagem completa ultrapassaria quatro horas. É nela que constam inúmeras citações shakesperianas, tão fascinantes para o público, como: "Ser ou não ser, eis a questão"; "Há mais coisas entre o Céu e a Terra, Horácio, do que supõe tua vã filosofia"; "Há algo de podre no reino da Dinamarca" e "O que resta é o silêncio".

Neste volume de Três pais, o escritor Paulo Bentancur optou por uma versão em prosa narrativa, distanciando a trama dos palcos, mas sem perder de vista a intensidade das dúvidas hamletianas e a dramaticidade das traições mórbidas que rondam o trono da Dinamarca.

*Para William Shakespeare, que nem foi o primeiro a escrever esta história[1]
mas foi quem a escreveu com tal brilho que, passados 400 anos,
ainda a lemos atordoados, sofrendo junto com o jovem príncipe Hamlet,
enfiados em dúvidas que vão além do simples ato de viver,
ato que nos coloca frente a frente com perguntas para as quais as respostas
muitas vezes não surgem. Nem mesmo depois de se passarem 400 anos.*

1
SOMBRAS SOBRE O TRONO

ESTA HISTÓRIA TEM MUITAS personagens e algumas sombras. A maior delas, meu pai.

Meu pai, uma grande personagem. Meu pai, uma enorme sombra que me joga nas sombras, que me afoga no escuro mar das dúvidas.

A primeira dessas dúvidas: será mesmo essa sombra o meu pai?

---

[1] Amleth ou Hamlet, príncipe da Dinamarca, é personagem lendária de narrativa do final do século XII, de autoria do historiador Saxo Grammaticus (*História da Dinamarca*, especificamente no capítulo "Atos dos Daneses"). O jovem príncipe, nessa obra, teria simulado loucura para vingar o pai, assassinado pelo irmão, tio de Amleth, Fengo. Mais tarde, essa versão seria retomada, em uma tradução simplificada, pelo francês François de Belleforest (1530-1583) em suas *Histórias trágicas*, um conjunto de sete volumes de incontáveis lendas, entre as quais a de "Amleto" (outra de suas grafias), e em uma suposta peça do teatro elisabetiano conhecida hoje como Ur-Hamlet (o prefixo alemão *Ur* significa "primeiro"), de Thomas Kid (1558-1594), peça que se acredita extraviada e que pode ter sido exibida em 1589, uma década antes da versão mais conhecida, de Shakespeare. Há ainda críticos que apontam a trilogia de peças conhecida como *Orestíada*, do dramaturgo grego Ésquilo (cerca de 525 a.C.-456 a.C.), como outra das fontes onde Shakespeare foi beber. Neste caso, Orestes vinga o pai matando Egisto, o amante da mãe, e a própria mãe, Clitemnestra, que foi quem matou o marido, Agamenon. Parece que a história interessou a muita gente, de fato. O que só reforça a excelência do texto shakespeareano.

Como acreditar num fantasma? Como não fugir dele, como não evitá-lo? E evitar um fantasma é desacreditar no que ele diz. A simples presença de um fantasma já é uma acusação. O peso de sua morte oprime este reino. Há algo de podre, sim, aqui na Dinamarca, cujo trono foi de meu pai e hoje é de meu tio, Cláudio.

Assim, vivo esse dilema horrendo. Se tudo em minha existência era gigantesco, agora tornou-se penoso.

Analisemos com calma. Meu pai é o rei.

O rei está morto.

O fantasma do rei ronda este palácio.

A guarda o viu em algumas noites. Alertou-me.

Não quis acreditar. Fui ver.

Era.

Hoje o rei é meu tio, que desposou minha mãe, a própria cunhada.

Minha mãe parece não sofrer como eu sofro.

Terá meu tio algo a ver com a morte de meu pai?

O trono era meu por destino. Herdeiro da coroa real, eu sentaria ali e comandaria o reino. Mas meu tio, casando com minha mãe nem dois meses depois da morte do soberano, fez juz ao cargo e ao poder. E agora, deserdado, espero não sei exatamente o quê.

É possível esperar enquanto tudo isso acontece? É possível esperar quando se perde o pai, se perde o trono, e a nossa mãe casa logo com um aparente inimigo?

Minha espera não é calma, bem o contrário. É uma tortura, me tira toda a paz e não consigo me concentrar em nada.

Parece que até meu pai resolveu agir. Até meu pai, desde o distante país das sombras, desde o abismo longínquo da morte, desde esse lugar de tão difícil acesso, até ele, meu pai, resolveu agir. E sua figura encurvada e triste e acusadora brota entre a pálida claridade das noites de alguma lua.

Enquanto isso, eu não ajo. Eu observo e me pergunto e tento entender.

Mas a saudade me fere e me paralisa.

A dúvida me fere e me paralisa.

A vergonha me fere e me paralisa.

Meu corpo jovem parece pesar como chumbo, meu coração parece ter mil anos, e ando com passos silenciosos, sem força de pisar firme, me esgueirando por meu próprio reino. Talvez não mais meu.

Meu único reino agora, creio, é esta terra de ninguém, este vazio que a saudade de meu pai deixou, este deserto que a decisão inaceitável de minha mãe deixou, esta desolação da falta de coragem, coragem que a dúvida impede, este oco dentro do qual eu me movo, sem ter onde me apoiar, sem ter no que acreditar. Este vazio.

Nele, algumas personagens e muitas sombras.

Meu pai, o rei Hamlet, bondoso, nobre.

Minha mãe, Gertrudes, que trai a memória do marido e a esperança do filho casando com o cunhado.

Meu tio, Cláudio, que aspira ao trono, toma a mão da cunhada, quem sabe por meio de que movimentos obscuros e segredos inconfessáveis?

Minha amada Ofélia, triste como nenhuma outra.

Meu amigo Horácio.

Polônio, o primeiro-ministro e pai de Ofélia.

Laertes, irmão de Ofélia e filho de Polônio.

E as sombras, ah, Deus!, as sombras. Nelas, quantos movimentos, quantos rostos que não vejo direito, cenas que não distingo, respostas que não compreendo!

2
LUTO

VESTI LUTO DESDE QUE MEU PAI saiu deste mundo para o outro que eu julgava tão inacessível, mas que talvez esteja perto. Ou nossa indecência foi que o fez viajar de tão longe para este cenário escuro?

Vesti luto desde a morte do rei, o rei que reverencio como meu soberano, o único legítimo, o único que reconheço, e que venero principalmente como pai, guardião de meus primeiros passos, e dos demais, e ainda agora, já sem carne, só espírito, testemunha deste meu arrastar o próprio peso, eu, que avanço com esforço por esses caminhos estreitos nos quais se move gente em quem já não confio.

Vesti luto desde aquela tragédia, quando o irmão de meu pai anunciou que uma serpente matara o rei. Que serpente? Alguém por acaso foi testemunha do azar do rei? Não terá a tal serpente cara de homem e, pior, ideias de homem? Ideias como as de um irmão de caráter venenoso, amadurecido pela ambição e pela mentira enfeitado?

O certo é que houve o enterro, o trono ficou vago, meu destino, mesmo infeliz, se anunciava certo. Eu não teria alegria em substituir meu pai, mas orgulho, sim. E até o orgulho perdi.

Não tive chance de tirar o luto. A roupa negra espelhava bem meus sentimentos de pesar. Meu coração era um poço, escuro, e lá no fundo o barulho era mínimo, como se batesse devagar, como se murmurasse apenas palavras de desalento, como se o futuro não mais existisse.

Mal transcorreu um mês e alguns dias da tragédia, e Cláudio, irmão de meu pai, anuncia que vai desposar a rainha viúva, que consente – já sem luto – em dividir seu trono e seu leito com o cunhado. E a memória de meu pai? Por acaso foi tão mau marido que já pode ser expulso até como lembrança do coração feminino daquela que junto com ele me teve como filho?

Perdido o trono, perdida a vida, e até a memória, e o respeito. Enterraram-no mesmo!

E assim não tiro o luto. Os dias seguem um atrás do outro, se arrastando com sussurros, tentativas de meu tio e de minha mãe em me animarem, manobras que considero suspeitas, olhares, gestos, o palácio num silêncio de morte porque a certeza de nunca mais ouvir a voz de meu pai me revela que o silêncio existe e pode ser definitivo, pior que um grito.

Até que me contam que ele anda por aí. Que já o viram. Sim, o fantasma de meu pai. Minha roupa negra parece confirmar que nada mais pode ser feito, além de me recusar a esquecê-lo, o contrário do que minha mãe fez. E, pior ainda, o que meu tio fez. Porque se por acaso ele não é a serpente, e existiu de fato alguma víbora peçonhenta, nem isso o faz ser digno de perdão, porque, tomando a mão de minha mãe e o trono do irmão, é dele o maior monte de terra jogado sobre o corpo de meu pai.

A cada manhã, minha pele desperta dos pesadelos já rotineiros mais branca, mais transparente, sem força alguma para reagir. Meus olhos mergulham em negras olheiras que denunciam minhas noites arrastadas e acusadoras. E ergo-me junto com o sol numa lentidão de velho, apesar da juventude que hoje não me reconhece.

Meu peito pesa como mil pedras e me movo com dificuldade, sorrio sem brilho, olho assustado cada ruído, e me pergunto sobre as intenções até mesmo de quem conheço há anos. Mamãe tenta diálogos aos quais não dou continuação. Suas frases ficam vagando no espaço cinza em meio a estas paredes. Cláudio não se conforma com minha atitude. Quer-me mais próximo, quer ter certeza de que eu concordo com seu reinado e exige que eu aceite o inevitável desfecho da existência de meu pai.

Mas não aceito. Primeiro, porque o amava, e ainda o amo, embora agora ame a sua memória. Segundo, porque tudo foi tão repentino, que me parece claro que as coisas não transcorreram naturalmente, algo as precipitou. Mas o quê?

Cercado pelos súditos – agora de meu tio –, ouço de alguns a confirmação de que esse matrimônio que sucedeu a morte foi, no mínimo, uma surpresa, e também uma inconveniência. Cláudio é diferente do rei morto. Tão diferente que chega a ser seu oposto. Se a meu pai sobrava espírito (tanto que agora parece não se conformar em calar-se, e tenta falar-nos desde um lugar que ignoramos em nossa precária mortalidade), a meu tio a aparência faz justiça – é olhar atentamente seu rosto e a verdade oculta começa a emergir. E é feia.

3
AS TESTEMUNHAS

QUE CRUEL, E MAIS QUE CRUEL, indescritível situação! Não tenho escolha, e isso é o de menos. Tenho todos os deveres do mundo, e os mais espinhosos. Por exemplo: desconfiar de um tio próximo. Pior: envergonhar-me de minha mãe. Pior ainda: conviver com a perda de um pai exemplar, amigo, nobre, superior, admirável.

Isso bastaria para acabar com a saúde de qualquer um. Isso bastaria para enfiar um jovem numa fraqueza de velho, um filho de minha mãe na condição de um mau filho, um sobrinho na de um adversário, um sucessor ao trono na de um exilado, a de um filho de meu pai na de um órfão.

E pior que o pior dos piores: quem sabe, na de um cúmplice.

Ou na de um covarde.

Ou na de quem não honra o amor que recebeu e que, portanto, herdou para dar aos demais. Mas se não honrar, dará desonra, e não amor.

Como posso continuar comigo mesmo se já desconfio até mesmo do meu papel, e de como reajo diante dos fatos?

Minha veste negra é o único sinal de meu inconformismo, é minha única reação. Afora ela, me encolho, murcho como uma planta seca, sem água nem luz, tocada apenas pela vergonha. Mas a vergonha apenas exige e nada oferece.

Desejaria que viessem, um a um, todos os guardas, as criadas, os assessores, os ministros, e quantos mais fosse possível, testemunharem que houve um crime. Quem o autor, quem o executor, qual a vítima, a razão, e que castigo que a justiça reconheceria como resposta certa.

Todos levados pela honra e a decência. Fiéis ao rei que nunca os desamparou nem explorou. Fiéis à verdade, que nos exige nada encobrir, ainda mais um crime. Fiéis a si mesmos, cumprindo com a necessidade individual de jamais enterrar uma mentira.

Porém, onde estavam essas testemunhas?

Eu só via sombras. Gente que surgia, olhava uns e outros, e se afastava como se falar fosse um mal, não um dom. E minha esperança de encontrar testemunhas de algo que me fizesse sair do atoleiro das dúvidas diminuía cada vez mais.

E cada vez mais as evidências aumentavam.

A Dinamarca, nossa terra e nosso lar, era um reino marcado. Toda ela parecia vestir luto, embora Cláudio insistisse em reinar como se lá fora e aqui dentro houvesse sol. Mas o ar era pesado, escuro, e nuvens baixas e ameaçadoras cobriam os céus e os corações. Não só o meu.

O meu, por outras razões. Mais particulares, além das gerais. Que não eram tão diferentes das minhas.

Estávamos agora debaixo do cetro de um tirano. Seu poder tinha sido construído, não pela vontade de todos, mas por um acidente. E acidentes não nos convencem de nada, além de nos limitarem a lamentarmos simplesmente.

Disso todos éramos testemunhas. De um crime. Pelo menos desse tipo de crime, o do destino, que aliás não raramente vive cometendo-os. Morre um homem honrado para um crápula substituí-lo. E jamais se substitui um homem honrado. E jamais um crápula pode reinar, pois real só é o que reconhecemos superior. Um crápula deve habitar o fundo dos poços, a lama dos charcos, nunca um trono, nunca. Nem o leito de uma mulher que um dia soube o que é o amor.

Mamãe certamente soube o que foi amar. Sei disso porque foi amada por meu pai, e se um dia alguém nos amou, o amor habitou nossa vida e não podemos mais, tendo perdido esse amor, escolher mais tarde o que o trai. Se escolhermos isso, estaremos abrindo mão do amor, o maior bem desta vida, e ficando com a traição, o que é pior que a morte, que ao menos é legítima.

Disso tudo todos eram testemunha.

Menos meu tio. E talvez minha mãe.
Mas só havia uma testemunha disposta a falar. Meu pai. Ou melhor, seu fantasma.

4
O FANTASMA

BOATOS NÃO SÃO BOATOS e também o são. O povo fala o que quer mas não deixa de falar o que vê. E se não vê, é como se visse, porque o que diz se apoia, sim, nos fatos.

Mesmo as lendas mais loucas sempre partem de um fato real. Ou de uma vontade verdadeira. Desta forma, se dizem coisas que nos parecem loucura, ou não são loucura ou só parecem ser sendo apenas produto forte de uma necessidade bem sensata.

Isto quer dizer: é como alguém falar que o sol é de ouro, quando sabemos que é de fogo e estamos pintando com imponência a sua força, transformando-a em pura beleza. O que não é a mesma coisa, mas é igual.

A guarda do palácio diz que tem visto, à noite, nas horas mais noturnas e menos povoadas, a figura de um homem que em muito se assemelha ao rei morto. A figura surge sem aviso e fica olhando em absoluto silêncio na direção da casa real.

A princípio pensou-se que fosse alucinação, alguma sentinela adormecida pagando com nosso fácil assombramento o caro preço dos seus pesadelos. Mas logo o pesadelo espalhou-se por vários guardas, e é certo que seria improvável que muitos tivessem o mesmo sonho.

Vieram falar-me.

Em vão alguns guardas e meu amigo Horácio tentaram junto ao espectro ter algum sinal seu acerca de que razões o erguiam de sua tumba e o traziam até às portas do palácio. Nada respondeu o fantasma. Mas Horácio jura: era meu pai, as mesmas vestes do guerreiro que combateu o ambicioso rei da Noruega.

E o rosto, o rosto, insistiu Horácio, era o de um homem transfigurado pela dor, pela contrariedade de buscar justiça quando ela já não estava mais ao alcance de suas mãos.

Justiça contra quê?

E importa, se é senso de justiça para um fantasma? Um espectro não estará assombrado demais para escapar de ilusões que o perturbam como o perturba a ausência de carne em seu corpo que desaparece como a luz do sol a cada noite? Não se enganará um fantasma, talvez mais que um homem, a quem o corpo dá certezas que a um espírito já não servem?

Minhas vestes escuras e meu semblante ainda mais pesado pareciam abrigar uma só coisa: perguntas.

Eu próprio era uma espécie de fantasma em meu reino, só que com carne. Branca carne, trevosa de amargura. Em silêncio, como o fantasma de meu pai.

Mas se havia um fantasma – eu me repetia sem parar –, havia infâmia, havia podridão a ser denunciada. A terra fica em paz e os mortos descansam se nada de pior aconteceu. Porém, do contrário, ergue-se a verdade, que não cala nunca, e, mesmo contra nossa crença, manifesta-se de algum modo.

Na noite seguinte acompanho a guarda, junto de meu amigo Horácio. E passando a meia-noite, como tem ocorrido recentemente, lá vem um vulto vestido com nobreza, num estranho desenho de transparência e luz fantasmagórica. A aterradora aparição me consterna e me consola.

É meu pai.

E fala comigo, mas com uma voz tão massacrada pela indignação e tão ameaçadora pela gravidade, que fico paralisado.

Ele conta: seu espírito vagou pela noite nos seus primeiros dias de morte. Agora é hora de ele começar a tentar purgar o pecado que aqui na terra ficou insepulto. O pecado é que um parente próximo o privou, ao mesmo tempo, da vida, da coroa, e da rainha.

Ouço o fantasma e, neste instante, a morte me diz mais do que a vida tem me dito. A morte, representada por meu pai. A morte, o Céu. A vida – onde ele não está e onde agonizo – a Terra.

"Entre uma e outra há mais coisas do que sonha tua vã filosofia", digo a Horácio, que acha tudo isso muito estranho.

O fantasma de meu pai exige-me que reaja. Mais: que, se tenho a natureza de um homem, não posso tolerar seu assassinato e tanta usurpação. A de um trono, a de uma honra, a de uma vida.

Apenas que a viúva seja poupada. Se perdi um pai, não devo perder uma mãe, nem uma dama perder a própria vida pela conta de um pecado.

Aceito essa ideia pela primeira razão, não pela segunda. E ainda penso numa terceira, que me dilacera formular, mesmo que sob a forma de uma dúvida: cúmplice da morte do próprio marido?

Duvido. Ou se foi fraqueza, prisioneira esteve do medo. Juro ao fantasma que executarei o que me pede. Juro. Ele me fita com olhos que não sei descrever.

5
A LOUCURA FAZ O AMOR ESPERAR

MINHA AMADA OFÉLIA, filha de Polônio, primeiro-ministro deste reino roubado de meu pai, irmã de Laertes, é meu único consolo nestes dias difíceis. Mas um só consolo, mesmo quando é o amor, nada salva se o que o podia ser salvo já se perdeu – uma vida –, e o que se perdeu era igualmente amado: meu pai.

Enquanto a acusação dessa morte devora minha carne e bebe meu sangue, nada posso oferecer de alento à doce Ofélia. Preciso de tempo, preciso aplacar a tormenta que varre minha alma para longe da realidade que me exige providências.

Eis meu dilema: o fantasma de meu pai exige vingança. Essa vingança é um dever. E muito além do dever, justifica-a a piedade de que sou acometido ao ver meu amado pai agora sem corpo, sofrendo a sentença de já estar num mundo e tendo ainda tanto a dizer a um outro mundo.

Ao mesmo tempo, como posso, primeiro, vingar-me, se não tenho certeza, segundo, como vingar-me, se minha natureza compreende na bondade uma parte fundamental do caráter, e um homem bom não se vinga?

(Um mundo que tudo nos dá, menos as certezas; um mundo que tudo nos tira, a começar, as certezas.)

Que pode um amor em meio a tais dilemas? Dilemas que fazem um homem, no mais íntimo de si, duvidar até mesmo que consiga ser fiel aos próprios pensamentos.

E se estou perturbado, longe da loucura estou. Um crime dessa natureza traz à terra o mais distraído e faz observar o céu e suas surpresas o mais descrente. Se não acreditasse, cairia na desgraça de ficar tudo como está e o enterrado ir para mais fundo ainda. Se me entregasse aos delírios de ver além do que acontece (além daquilo que se pode ver, mesmo escondido), caminharia eu mais rápido para o fim, e meu fim seria o fim definitivo de meu pai.

E já não seria um só fantasma, mas dois.

Assim, fico aqui, fingindo ser uma espécie de fantasma dos vivos, aqueles a quem sobra carne e osso mas falta razão. Sim, um louco. Finjo-me um alucinado, um doente mental, um doido varrido que já perdeu o senso elementar das coisas, e vaga pelo castelo sem representar perigo algum.

Enquanto isso, ganho tempo. Ou perco tempo, que o tempo é impiedoso e o fantasma de meu pai está lá não sei exatamente onde, enfrentando sua solidão eterna e sua mágoa sem sepultura.

É preciso afastar-me de tudo e de todos. É preciso que eu descubra a verdade. Que surpreenda Cláudio, o impostor, em alguma confissão criminosa.

Necessito deste manto assustador de demência para me proteger da atenção dos inimigos – e até dos amigos. Nesta hora, toda aproximação atrapalha. Meus planos são complicados. Minha ação, difícil.

O reino protege-se na própria corrupção. Se não todos, ao menos alguns têm interesses nesse novo rei e na morte do anterior. E eu, o príncipe cuja ascensão foi impedida, represento uma ameaça a ser controlada. Cada movimento meu, por mais inocente que seja, significa um aviso.

Eles devem me observar mais do que imagino.

Na dúvida, devo ficar quieto. E vigiar cada suspiro.

Sobretudo os de minha mãe, que sonho que não suspire por esse amor que não me convence.

Quanto ao amor de Ofélia, temo que deva sofrer demais nesta hora em que finjo perder o controle da mente e do coração, florescendo em mim, onde havia afeto, uma perturbação que acabará em indiferença.

Infeliz Ofélia, mortalmente ferida, chora todas as lágrimas presentes e soma as perdidas e até algumas futuras. Só seu coração não seca.

Mas não posso recuar de meu plano.

6
O TEATRO NO TEATRO

ÀS VEZES SOU TOMADO de uma enorme dúvida sobre as palavras do fantasma. Às vezes me pergunto: se era um fantasma, era de meu pai?

Sabemos: os demônios costumam tomar formas boas, e sentem prazer em nos atormentar representando pessoas que amamos. O fantasma podia muito bem ter-se aproveitado de minha melancolia, de minha imensa fragilidade, de minha perturbação. Nesses momentos, forte é o poder de um demônio, que domina ao triste como bem quiser.

Anunciam-me que uma companhia de atores vem apresentar-se. Lembro-me deles, bons atores, gente com talento para dramatizar como poucos. Amigos de amigos meus, oferecem-me, gentis, seus préstimos.

Sinto-me coroado por aquela gente, gentis e sensíveis e sábios como as víboras não são. Víboras confundem esperteza com sabedoria, e se a esperteza não é tola, é rápida demais, e a verdade é lenta e às vezes só surge depois da vida.

A sabedoria sabe esperar. Ou não tem escolha. A esperteza, quando apertada, esperneia, ou corre. O sábio percebe quando a verdade está oculta e aguarda uma luz que a descubra. O esperto apaga a luz se ela demorar a brotar só para que pensem que ele a dominou.

Aliás, o esperto domina, não compreende.

E entre conjeturas e conjeturas, os atores iam ensaiando o espetáculo para mais tarde. E lembrei-me de uma história que haviam contado: pessoas culpadas de um delito, certa feita, assistindo a uma representação do próprio delito, atingidas como num desmascaramento pela astúcia da cena representada, se acusaram imediatamente. E imaginei que eu inserisse na peça para mais tarde a cena do assassinato de meu pai, quem sabe Cláudio não reagiria conforme os culpados costumam reagir numa situação dessas: no mínimo, se perturbando.

Combinei com Horácio que durante a encenação ficasse atento às reações de meu tio.

Enquanto isso, ele, o rei golpista, procurado por Polônio, que se preocupara com meu comportamento (alertado pela filha, pesarosa da minha loucura), armava um plano para julgar se eu de fato endoidara ou não. Se sim, mandar-me-ia para longe, afastando assim minha concorrência ao trono.

Uma boa desculpa para ele reinar sossegado, sem juiz algum frente a seus atos de menos dignidade que os atos reais do soberano anterior, mais humilde com seus servos, mais justo com seus julgados.

Antes de encontrar-me com Ofélia e fingir que tudo foi fingimento, penso com tal entrega que minhas ideias fervilham e parece que deliro.

Ser ou não ser, eis a questão. O que é mais nobre? Sofrer com a sorte ultrajante ou erguer armas contra um mar de problemas e dar-lhes fim?

Morrer... Dormir... Não mais. Dormindo acabamos com os mil abalos que herdamos nesta vida. É uma forma de morrer, morte desejada. E quem sabe, sonhar. E aí está o problema. Porque quando sonhamos, quando pensávamos estar livres dos problemas naturais, o sonho nos traz outros e quer que ponderemos.

O tumulto renasce. Na vida e fora dela. Acordados e dormindo. Na vigília e no sono.

E falo de um sono maior, o da morte, morte que ignoramos. E se ela é um sono maior, mais durará, junto com o que esse sono trás. Se não a temêssemos, não suportaríamos os revezes da vida, tão intensos e tão inúmeros. Mais nobre seria uma faca no próprio peito, a libertar-nos da prisão em que os problemas da vida nos encarceram.

A consciência nos faz a todos covardes. Desistimos da ação por entender que a saída não traz conforto algum. Decidir é matar ou matar-se. Recuar é aceitar o espetáculo da dor nos açoitando enquanto suportamos em silêncio.

Eu continuava com o luto. As roupas negras que trajava eram bem a representação de minha mente.

Fui encontrar-me com Ofélia. Disse a ela que todos somos velhacos, que a virtude nunca será enxertada no nosso tronco familiar (eu falava de meu tio, certamente), que ela devia ir para um convento. Ofélia ficou arrasada e saiu correndo.

Seu pai e meu tio nos espiavam. Meu tio a cada dia ficava mais inquieto com minha perturbação. Pressentia, quem sabe, que doente eu ficava fora de seu controle, e sem controle eu passava a ser uma ameaça a seu reinado, um reinado que não admitia investigação.

A loucura de Hamlet, a minha loucura, agora é tema caro ao rei. Cláudio, meu tio, quer me enviar a um país distante, possivelmente a Inglaterra, a pedido de Polônio, que me quer longe de Ofélia.

É chegada a hora da peça. Eu imagino: um teatro dentro de outro teatro. Porque se meu tio é culpado, está encenando. E o palácio real virou um teatro real. E o real, isto é, a realidade, agora vai ter uma encenação para que a verdade venha à tona.

Quem sabe o talento dos atores e a coincidência da história comovam alguns espectadores. Dois, ao menos: meu tio e minha mãe. Ou um.

7
A PLATEIA ACUSA O GOLPE

COMEÇA A PEÇA, E LOGO em seguida vem a cena escrita por mim e entregue aos atores. Encenam a morte de meu pai, pelo menos como me narrou o fantasma.

Envenenado.

Meu tio ergue-se do trono e se afasta, de repente. Horácio observa, atento como uma águia, cada movimento de Cláudio.

Eu então tenho minha resposta.

Meu pai foi morto. Meu tio é o assassino.

Fico sem saber o que fazer. O ódio começa a destilar lentamente seu veneno em minhas artérias. De alguma forma sinto-me mais forte, como se uma fúria gigantesca se erguesse do meu peito e me tornasse mais capaz, mais valente, mais hábil, mais forte, mais alto, mais importante.

E, ao mesmo tempo, tenho receio de cometer tantos excessos que a injustiça e o despropósito estariam neles, junto com a justiça.

Minha mãe me chama. Quer saber como ando, pergunta sobre minha angústia, nos últimos dias ao ponto de assustar aos demais e preocupá-la como nunca.

Subo ao seu quarto. Ela me reclama o nervosismo, a solidão, a quietude, a hostilidade. Eu reclamo sua traição a meu pai. E ameaço-a: se não fosse minha mãe, eu a mataria. Aliás, é a mulher do rei que deploro. Mas, infelizmente, minha mãe.

Sacudo-a, irritado. Vejo movimentos atrás de uma cortina. Deve ser seu par. Puxo a espada e transpasso a cortina.

Um grito rouco, um vulto crescendo enrolado no pano. Cai a cortina com o corpo quase embalsamado.

Não é meu tio. É Polônio, que escutava tudo, a mando do rei.

Miserável primeiro-ministro, criado do rei usurpador, cúmplice provável do crime!

Pai de Ofélia.

Sofro com essa lembrança.

8
A SEGUNDA VISITA DO FANTASMA

MINHA MÃE, HORRORIZADA, acaba de testemunhar meu assassinato.
    Eu a cubro de acusações. Ela chora.
    Digo que pior é manchar a cama de um rei amoroso com o suor de um rei de trapos.
    Digo que pare de torcer suas mãos, nervosa, e que me deixe torcer seu coração, que tem sido duro.
    Ela chora.
    O fantasma surge sem aviso. Olho-o, encantado. Minha mãe parece nada ver.
    Falo com ele. O fantasma me adverte que devo ter calma. E que me interponha entre o coração perturbado de minha mãe e ela mesma, o que de bom ela um dia teve e deve ter.
    Noutra ala do palácio o rei criminoso trama minha ida para a Inglaterra. Considera-me perigoso, e não está errado. Chegando lá, quer que me matem. Quer que Laertes, filho de Polônio, me leve para o céu onde meu pai me espera.
    Sou enviado como sentença pelo crime de sangue que cometi.
    Cláudio argumenta que me exila para proteger-me. Mentiroso! Envia-me junto com dois emissários, que levam uma carta onde há a recomendação de minha morte. Dou um jeito de ter acesso ao documento e altero seu conteúdo, ordenando a execução dos emissários e não a minha.
    Nosso navio, a caminho da Inglaterra, é atacado por piratas. Enfrento-os como posso, pulo para dentro do navio inimigo. Meu navio foge. Os emissários acham-se sãos e salvos. Navegam para sua execução...
    Depressa sou feito prisioneiro, mais depressa ainda sou solto. O inimigo reconhece em mim a bravura e devolve-me a liberdade que jamais deveria ser roubada de um homem. Deixam-me num porto mais próximo, na Dinamarca. Volto ao reino.
    Há um funeral. Aproximo-me sem saber de quem se trata.
    É de Ofélia.
    Ofélia.

Seu rosto branco e delicado parece cera, um fantasma doce jogado num repouso agora eterno. Eu é que não repouso. A dor estala em meu peito.

Quando vejo Laertes pular na sepultura e pedir que lhe enterrem junto com a irmã, não penso duas vezes. Ou melhor, penso duas, três, mil vezes. E concluo que diante de semelhante espetáculo de amor não posso ficar atrás.

Eu a amei mais do que quarenta mil irmãos.

Salto também.

Ele me olha com os olhos ainda esbugalhados pela dor de duas perdas, a do pai e a da irmã.

E eu sou o causador dessas mortes.

Ele me ataca.

Os presentes vêm em minha defesa e apartam a briga.

Aos poucos a tempestade parece amainar, os ódios aguardam uma nova oportunidade e os afetos, mesmo os mais difíceis, acham sua hora.

Fico sabendo que Ofélia enlouqueceu quando soube da morte do pai, ainda mais por minhas mãos, mãos que ela quis beijar, mãos que a quiseram tocar com amor, e que não hesitaram em atravessar o corpo de Polônio com uma adaga cega.

9
A RECONCILIAÇÃO E O DUELO

CLÁUDIO FOI O QUE É e é o que foi. Nem arrependimento habita sua alma como nem falhas humanas habitam a alma vagante de meu pai.

Cada um na sua eternidade. A do fantasma, para sempre, com sua missão de desenterrar da terra a vergonha oculta. A de meu tio, durante apenas o tempo de uma existência, empenhada em enterrar na terra e no meu corpo o punhal de sua ambição. Planeja com Laertes a minha morte. A minha morte e a sua paz definitiva. Eu fora do caminho, poderá ele seguir seu reinado sem mais ameaças. Afinal, quem o perseguiria pelo maior crime (o rei traído e morto), senão o filho da própria vítima?

Sem mim, restará a meu pai a eternidade. Que ele certamente dividiria comigo, junto com a aflição de não deixar na terra o que pode mostrar ao céu: sua história, sua honra, seu merecimento.

Laertes me desafia para um duelo. Amigável, ele faz questão de dizer, "amigável", repete. Creio nele. Creio, não nos homens, mas nalguns, e crer nalguns é crer em todos, de modo que seria bom não crer.

Duelo de esgrima, mais uma exibição. É o que imagino. A corte se faz presente e o rei assiste com um prazer de quem está diante de um espetáculo raro.

Para meu tio, naturalmente, o espetáculo vai além da exibição. Ele sabe que nela o espetáculo não para e só parará com a minha morte.

A espada de Laertes não segue as regras da esgrima e, ainda por cima, teve a ponta envenenada.

Começamos e ele me permite ataques, só se defende, criando a ilusão de que levo vantagem, facilitando com isso meu descuido, minha confiança. Em mim e nele.

Confio que posso ganhar. Confio que ele é nobre.

Mas este mundo é mesmo o que eu disse a Ofélia. E mortes, se não fossem mortes, seriam uma boa escolha para uma vida que só nos devora a alegria desde o primeiro instante em que a tragédia nos escolhe para filhos dela.

Cláudio aplaude os golpes que acerto em Laertes. Engana a todos.

Quando parece que tudo está sob controle e minha vitória é mais um fato de um dia sem agruras, Laertes me fere mortalmente. E o veneno da espada compromete meu sangue, vai me condenando à morte que já condenou meu pai.

Sou tomado da fúria dos que se defendem em desespero.

Abandono minha espada, luto corpo a corpo com Laertes, apanho-lhe a espada e com ela o atinjo. Ele demora a morrer, tem tempo de denunciar meu tio, falando ter sido instruído a participar da armadilha.

Ouço o grito de minha mãe. Envenenada.

Cláudio preparara uma taça com veneno. Caso eu não fosse atingido por Laertes, ou não morresse, a taça estaria ali, à espera de alguma distração minha. E me seria oferecida, como as flores da sepultura são ofertadas ao próprio defunto ainda quando ele respira e elas são um buquê, não uma coroa.

Na tensão de montar o esquema para roubar-me a vida, o que já roubara de meu pai (quem mata um irmão, mais facilmente mata a um sobrinho), esquecera-se de advertir seriamente a rainha. Minha mãe morreu logo, sem a demora que se seguiu a meu ferimento.

10
A VINGANÇA

FICO SABENDO DE LAERTES que o veneno leva meia hora e nos assassina. Que não há antídoto. E, pior que o veneno, que meu tio Cláudio é o autor de todas as causas da amargura que anda pelos ares deste reino. Que é Cláudio o fantasma que assola a Dinamarca. Que é Cláudio a razão do descrédito do Estado, que é dele, meu tio, as sementes de violência que brotam da terra escura cercando todo o palácio real.

Sei que não tenho mais tempo. O fantasma de meu pai parece me avisar que não há mais prazos. Olho a ponta da espada que me feriu e que matou Laertes. Além de dois sangues, muito veneno. Pelo menos, o suficiente para meu tio.

Faço um movimento rápido, surpreendo-o. Cravo a ponta da espada em seu coração não suficientemente duro para não ser ferido.

Cumpro a promessa que fiz ao espírito do verdadeiro rei.

Tenho pouco tempo, sei que vou morrer.

Horácio, meu amigo, aproxima-se. Tem o rosto contraído, sofre comigo. Sofre por me ver já começando a agonizar.

Num gesto de fidelidade, quer matar-se. Crê que, ao morrer comigo, não me abandonará. Mas peço-lhe que desista disso. Peço-lhe que, por ele mesmo e por mim, sobreviva. Por ele porque é um bem comum a vida continuada. Por mim, para que eu não seja punido com o silêncio que puniu meu pai.

Digo-lhe isso e minha última frase é um epitáfio. "O resto é silêncio." Nada mais sai de minha boca fora, talvez, o estertor da morte. Ele atende-me, respira livre daquela fidelidade mórbida. Será o porta-voz amargo, mas essencial.

É fundamental a sobrevivência de Horácio para que se tenha o testemunho fiel desta tragédia. É preciso que ele não morra e conte a todos o que nos sucedeu. Minha voz, é certo, não será minha voz, será a dele tentando reproduzir o que digo. Mas certamente essa voz não mentirá. E a verdade virá à tona.

Mesmo que tarde demais.

CARTA AO PAI
PREZADO E TEMIDO

Franz Kafka

Adaptação de
Paulo Bentancur

FRANZ KAFKA.

Checo, nasceu em Praga (na época, pertencente à Áustria-Hungria), em 1883, e morreu em Klosterneuburg, na Áustria, em 1924. Sua família era judia, mas ele escrevia em alemão, apesar de alfabetizado em checo também. Essa influência das três culturas (judaica, alemã e checa) marcou a sua obra. Do mesmo modo, as atribulações familiares também marcaram seus enredos. Franz foi o filho mais velho de Hermann e Julie e depois dele nasceram dois meninos, que logo faleceram. Essas mortes prematuras, segundo alguns críticos, favoreceram um sentimento de culpa que o estigmatizou a vida toda. Nem mesmo o nascimento posterior das três irmãs, entre elas Ottilie (Ottla), por quem desenvolveu forte camaradagem, diminuiu esse sentimento de frustração e insegurança.

Seu livro mais famoso é A metamorfose *(1915) e narra o caso de um homem que desperta, certa manhã, transformado em um inseto gigante. O desconforto e irrealidade da história criam o que se convencionou chamar de clima kafkiano, que prossegue em romances como* O processo *(1925) e* O castelo *(1926), em que os protagonistas nunca conseguem completar suas tarefas ou sair de seus labirintos físicos ou mentais.*

Em 1922, dois anos antes de morrer, pediu ao amigo Max Brod que destruísse seus papéis. Ainda bem que ele não o fez; as edições posteriores da obra kafkiana mostraram ao mundo um trabalho peculiar e intenso, que influenciou profundamente o século XX. Também póstuma foi a publicação de Carta ao pai, *que o autor escreveu em 1919 e que, por solicitação da mãe, nunca entregou ao genitor.*

Seja pela influência paterna, pelas tragédias familiares ou pelas próprias mazelas físicas, Franz Kafka metabolizou tudo isso em uma arte que foi "a cara" da primeira metade do século XX, com as perseguições raciais, a neurose urbana, o sufocamento pessoal diante da burocracia estatal, a insegurança do indivíduo etc. Tudo isso fez com que o kafkiano deixasse de definir páginas de papel e retratasse a realidade de muitas sociedades. A genialidade do escritor foi a de registrar e até mesmo de antecipar essas questões para a posteridade.

*Para Rogério Gastaldo e Marcia Kupstas,
que me puseram esta história no colo. E nos ombros.*

QUERIDO PAI:

FAZ POUCO TEMPO QUE VOCÊ me fez uma séria pergunta. Por que eu afirmo que você me causa medo?

Para variar, não encontrei uma resposta. Uma das razões de não tê-la encontrado é justamente o medo que você me causa. Além do mais, existem outros motivos tão cheios de detalhes que uma resposta só não seria suficiente.

Então, tento agora explicar que medo é esse, por que ele nasceu, cresceu, vive comigo, tendo eu agora já 36 anos de idade, altura da vida em que praticamente ninguém teme o próprio pai.

Certamente, esta explicação não poderá ser completa. Ao tentar escrever sobre este tema, que me deixa quase paralisado, acredito que não conseguirei ser tão claro. O medo é algo gigantesco e, ao nos perturbar, tira o entendimento indispensável para se explicar o que quer que seja. Ainda mais o que você perguntou. Ainda mais isso.

Tento responder através desta carta. E sei que a resposta será incompleta. Antes da resposta existe o medo que tenho de sua reação e é esse medo que torna a resposta impossível de ser encontrada. Além do mais, o assunto é complicado, é grande, e ele me inibe tanto quanto você.

No seu entendimento, você trabalhou a vida toda como um cavalo, principalmente se sacrificando para que eu vivesse de forma confortável. Eu podia estudar o que bem entendesse, não precisava correr atrás do sustento – em resumo, você me libertara das preocupações. Por outro lado, nem grato eu ficava. Aliás, você não esperava essa moeda. Mas, pelo menos, um pouco de simpatia, quem sabe... Ao contrário, eu fugia. Evitava ficar na sua companhia, refugiava-me no quarto, com meus livros, com meus amigos de ideias estranhas, não falava uma só palavra à vontade com meu próprio pai, nem sequer o visitava quando levava a família num fim de semana no balneário mais próximo. Preferia ficar em casa, guardando distância. Eu não tinha ligação com a família (que você tão bem comandava), ignorava a loja, a fábrica, todos os seus negócios. Virei as costas para tudo aquilo a que você se dedicava e só apoiava minha irmã Ottla e sua teimosia com relação ao que você desejava para ela e com o que ela não concordava. Também me dedicava, sem dificuldade, aos meus amigos, a qualquer um deles. Menos a você.

Você não consegue me culpar de nada que eu tenha feito de errado simplesmente porque em nada errei. Porém, me acusa de ser frio e ingrato. E me acusa disso como se eu plantasse esses sentimentos no deserto do meu coração no que diz respeito a você, como se você também não tivesse participação nenhuma nesse plantio.

Até concordo que, de certa forma, você não tem culpa. Mas se não é culpado de nada, eu também não sou. Se reconhecesse isso, se parasse de me acusar, quem sabe nossa vida mudaria um pouco. Só um pouco, mas o bastante para que a gente tivesse um pouquinho de paz.

O mais engraçado (embora nessa história nada seja engraçado) é que você até admite isso. Não faz muito tempo, até falou:

– Sempre gostei de você, embora não demonstre. Os outros pais sabem fingir melhor que eu.

Nunca duvidei da sua capacidade de fazer coisas boas, mas sua explicação não convence. Só porque não sabe fingir, você não pode afirmar que os outros pais fingem. Insistir assim é mania de sempre ter razão ou quem sabe reconhecer, disfarçadamente, que nosso relacionamento vai mal e você tem parte nisso, mas foi, digamos, sem querer. Se pensa assim, eu concordo.

Tornei-me o que sou não apenas por sua influência. Seria exagero tal conclusão (embora eu às vezes pense desta maneira). É possível que mesmo que eu crescesse livre da sua educação, tivesse me tornado um fraco, nervoso, diferente de meu tio Robert, seu irmão, exemplo de homem, ou de meu cunhado Karl, casado com minha irmã mais velha,

Elli. Mesmo assim, acredito que seria muito diferente do que sou. E poderíamos conversar sem dificuldade.

Eu teria alegria em vê-lo como amigo, chefe, tio, avô, e até mesmo (bem, aí fica mais difícil) sogro. O diabo é que como pai, logo como pai!, você teve muita força. Os irmãos que me antecederam morreram. Cresci alguns anos como filho único, e só depois vieram minhas irmãs. Antes, tive de suportar sozinho a sua força e diante dela eu era frágil demais.

Compare-se a mim. Veja nossa diferença. Eu saí à família de mamãe. Se tenho algo de você, está escondido e não se mostra. De mamãe, dos meus tios e avós maternos herdei um jeito de ser que nunca aciona a arte de fazer negócios nem a energia diante da vida que você demonstra. Seu sobrenome, Kafka, emoldura meu nome. E me aprisiona ao invés de libertar minha possível coragem.

Detalhe importante: seus irmãos tinham, como você, saúde, apetite, voz grossa, o dom da fala, eram satisfeitos consigo próprios, decididos, não desanimavam nunca – e demonstravam certa generosidade. Isso os fazia, como faz a você, parecerem superiores ao resto das pessoas. Mas eles eram mais despreocupados e menos severos que você, pai. Portanto, não revelavam, jamais, a cólera que você é capaz de demonstrar.

De você talvez eu tenha herdado a preocupação exagerada com tudo. Só não herdei a cólera.

Por outro lado, admito, você parece ter sido alguém menos difícil antes da chegada dos filhos, que exigiram demais de sua paciência (se você tiver alguma), parece ter sido capaz de rir, de uma boa convivência, até que tudo acabou quando a família passou a tornar-se um preço alto demais que você só conseguiu pagar deixando claro que ele, o peso, era pesado e frustrante.

Agora, com a chegada dos netos e mais um genro com quem você se identifica, vejo-o sendo capaz de sorrir. Recuperando algum entusiasmo na companhia dos outros, entusiasmo e calor que só minha irmã do meio, Valli, conseguia lhe dar.

A questão é que eu e você éramos tão diferentes e, por isso, até mesmo perigosos um para o outro. Tanto que acredito que alguém só conseguiria enxergar-me como a criança, a se desenvolver devagar, prestes a ser esmagada sob os pés do homem-feito. O que poderia sobrar de mim?

Claro, não aconteceu exatamente isso. Se escrevo, alguma força sobrou.

No entanto, algo pior aconteceu. E aqui lhe peço o esforço em entender que de forma alguma acredito que você foi o grande culpado.

A sua influência foi grande. E você deve parar de considerar maldade minha o fato de eu ter caído, derrubado por essa carga.

Eu era uma criança assustada. Também teimosa, naturalmente. Minha mãe me mimava, eu sei. Mas aposto que uma palavra amiga, você me pegando pela mão, um olhar com simpatia, pronto!, com isso teria de mim tudo que quisesse.

No fundo, você é capaz de ser bom e cuidadoso. Mas precisa deixar isso bem claro. Nem toda criança tem a coragem e a calma necessárias de procurar em alguém a bondade que ele possa ter.

Você me tratava como foi criado: com exigências e gritos, e considerava muito certo agir desta maneira. Acreditava que assim eu me tornaria um rapaz forte e corajoso.

E isso que naquele tempo você era mais jovem, portanto mais disposto, menos preocupado... Ligado mais aos negócios, nem tinha tanto tempo de estar a meu lado. Daí que a impressão que me causava era mais funda e dolorosa. Não era um costume. Se fosse, eu talvez já estivesse treinado para aguentar.

Uma noite, eu fazia manha, pedindo água. Acho que nem tinha sede. Era mais para me ocupar, para incomodar talvez. Para chamar atenção. Você me ameaçou. Eu continuei insistindo. Então você me tirou da cama e me levou para uma peça onde fiquei sozinho enquanto a porta do quarto era fechada.

Provavelmente não haveria sossego se você não fizesse o que fez. Mas quero que entenda como seu jeito de educar se resumia a soluções que me marcaram. A partir dali fiquei obediente. Mas estava com o coração machucado. Nunca consegui entender como uma bobagem como pedir água, mesmo sem necessidade, mereceria como resposta o terror de ser arrastado para fora da cama.

É apenas um exemplo de como reações suas começaram a fazer com que eu me sentisse uma nulidade. Desse sentimento tirei algumas coisas boas. Porém, qualquer estímulo que tivesse vindo certamente me ajudaria muito mais e não me levaria ao sofrimento. Estimular-me, para você, talvez não fosse interessante porque desejava que eu seguisse outro caminho. O grande problema é que o outro caminho eu não podia seguir.

Se eu batesse continência e marchasse direito, você me estimularia, rápido. Ora, eu nem pretendia ser um soldado!

Com certeza, iria me incentivar se eu comesse em quantidade e bebesse cerveja. Ou se repetisse canções que eu nem entendia. Ou se arremedasse expressões de que você gostava. Nada disso era o meu futuro.

E nem é meu presente.

Ainda assim, você continua me encorajando só naquilo que interessa a você, não a mim. Hoje é tarde demais para esse encorajamento. Cresci ao ponto de me tornar inalcançável por ele, por você. Além do fato de ser encorajado para coisas que não me dizem respeito. Como se o filho estimulado fosse outro, não eu.

Não bastasse, eu já estava esmagado pelo seu aspecto físico. Eu franzino, um esqueleto; você forte, largo, imenso. Eu sentia vergonha de minha aparência e orgulho do corpo de meu pai. Isso acontece até agora.

Outra coisa: essa superioridade se multiplicava e virava também superioridade espiritual. Você foi tão alto com sua força física que semelhante conquista fez com que sua opinião também valesse mais que as outras.

Para a criança que eu era tudo se resumia à timidez, mas o valor das opiniões ainda não tinha passado a contar. Quando entrei na adolescência, a maneira de alguém encarar a existência era o mais importante, e você regia o mundo: todas as outras opiniões, diferentes das suas, eram anormais. A começar pela minha.

Sua autoconfiança era tão grande que você podia abusar e, ainda assim, estar com a razão.

Podia acontecer de você não ter opinião sobre um determinado assunto, e então todas as demais opiniões não podiam estar erradas. Se estivessem, você, bem à vontade, xingava os que se enganavam. Não sobrava ninguém além de você.

Há um mistério em todos os tiranos. Não importa o que pensam, mas a presença deles, a pessoa deles – são elas que lhes garantem o direito de continuarem a exercer a tirania.

No que me diz respeito, você até que tinha razão. Eu, criança, chegava em casa distraidamente satisfeito, contente, sentindo-me bem com minhas ninharias. Você reagia com suas certezas e altas exigências: "só isso?", "tenho mais com o que me ocupar!", "quanto isso vale?". Sei: como exigir seu entusiasmo diante do pouco que eu mostrava, vivendo você cheio de preocupações e trabalho pesado?

Nem era essa a questão. Na verdade, você precisava mostrar decepção ao filho, uma forma de talvez um dia me convencer que eu podia ir muito além, chegar até onde você chegava – bem alto. Infelizmente, enquanto eu não mudava minhas reações (e elas não mudavam), enquanto eu não mudava meus gostos, meus sonhos (e eles não mudavam), enquanto eu não mudava meu jeito tímido, inseguro, desconfiado – única semelhança entre nós, a de não confiar (e ele, meu jeito, não mudava) –, a coragem, a determinação, a confiança e a alegria em você, diferente em tudo comparado a mim, eram, somadas, um exército de recriminação contra meu modo de agir, uma sentença a condenar praticamente tudo o que eu fazia.

Isso se referia a qualquer coisa, pessoas com quem eu me relacionava ou ideias. Quanto a pessoas, por exemplo (e as amizades eram raras, dada a minha timidez), você, sem maior razão, passava a implicar com elas e dizia coisas horríveis sobre gente que nem conhecia. Dizia, repetia, e nem ficava arrependido depois, se por acaso algum fato comprovasse seu engano. Eu, perturbado na hora, reagia respondendo com palavras duras das quais me arrependia até mesmo na hora em que as estava pronunciando. Contra você, eu entendia isso perfeitamente bem, não se tinha a menor defesa.

Contudo, acho que você tem talento de educador. Foi assim criado e assim educa, sem modificar uma linha do que lhe ditaram na infância. Para uma criança que tenha um temperamento parecido com o seu, um caráter igual, o seu modo de agir como pai faria bem a um filho que gostasse de controle, de ser exigido sem se perturbar com isso. Saberia levar da melhor maneira o seu rigor.

Mas comigo era o contrário. Minha reação era esta: cada grito seu parecia um mandamento vindo do céu, de uma espécie de deus mandão, raivoso, e eu não esquecia, com desagrado, essa lei severa, cruel. O resultado é que eu passava a julgá-lo e a considerá-lo um fracasso como pai.

Como naquela época geralmente estávamos juntos na hora das refeições, seus ensinamentos quase que se resumiam ao modo de se comportar à mesa. O que era servido devia ser consumido e era proibido criticar a comida. O que você fazia? Você muitas vezes achava intragável o que havia no prato, chamava de "grude", e referia-se à cozinheira como "a besta".

O caso é que você tinha um apetite e tanto, comia rápido, quente mesmo, e o filho era obrigado a seguir seu ritmo, capaz de agredir até o estômago menos delicado. Imagine o meu.

Não me deixava falar, só comer, em silêncio, enquanto eu tentava puxar um assunto para ganhar tempo e comer de modo menos agressivo. Só comer, mais nada, e você cortava as unhas, apontava lápis, limpava os ouvidos. Não me permitia partir os ossinhos com os dentes, mas você podia. E o principal: era preciso cortar o pão da forma mais cuidadosa, porém você o fatiava como bem entendesse. Com uma faca suja de molho, por exemplo.

Nada de farelos por perto. No final, era no lugar ocupado por você que incontáveis farelos se amontoavam.

Veja, pai, detalhes sem importância, mas ditados por um homem que servia de modelo, que exigia de mim atender a cada um deles, e que era o primeiro e único a não seguir nenhuma dessas leis. Só por isso esses detalhes ganharam destaque e passaram a me fazer mal.

O mundo então se dividiu em três partes. Em uma, eu, o escravo, vivia oprimido por leis inventadas só para mim, para mais ninguém. Daí que eu nunca conseguisse atendê-las direito.

O segundo mundo era distante do meu, muito distante, e nele você vivia, ocupado em governar, dar ordens e irritar-se com o faltoso que eu era.

E havia o terceiro mundo, ah o terceiro mundo. Pessoas livres de ordens assim e até felizes. O mundo dos outros, dos demais, onde sua voz feroz não chegava. Nem chegava a minha, nem mesmo para pedir socorro.

Eu saberia argumentar, se de argumento se tratasse. O problema é que é impossível falar serenamente sobre o que você não concorda ou o que simplesmente não tenha partido de você porque seu temperamento dominador não permite a discordância. Não a dos outros, pois a sua gosta de se mostrar a toda hora.

Ultimamente você tem justificado suas atitudes como causadas pelo nervosismo que uma possível doença no coração estará lhe causando. Francamente, se a enfermidade existe e se ela o deixa nervoso, confesso que não notei diferença nas suas atitudes antes de aparecer a doença e sua reação a ela depois. Você sempre foi o mesmo. Fiel às leis que impõe, sentinela imbatível frente ao forte que construiu e que não permite a menor invasão.

Aliás, o invadido é sempre você, que não admite um único detalhe fora da ordem rigorosa do mundo que você comanda sem descuidar-se um só instante.

Minha irmã Ottla sofre também com isso, à sua maneira, diferente da minha. Mas sofre, e muito. Você chega a acusá-la de agressividade quando na verdade você confunde o fato de ela se defender e você se sentir agredido com uma agressão de fato. Você se sente agredido e acusa a pessoa que apenas defendeu o que pensa. Depois, com uma voz de acusação, você diz qualquer coisa parecida com "bem, você já é bem grandinho, sabe o que faz. Está livre. Não precisa dos meus conselhos!"

Conselhos?! Você os diz com voz irritada, com um vozeirão e, diante desse tom, quem é que pode se sentir livre e decidir, sem temor ou culpa, fazer o que de fato deseja?

Eu, criança, sentia culpa e medo, medo e culpa. Adulto, não mais os tenho tão puros, tão claros, e o que restou é a compreensão de que só o que nós dois temos em comum é o desamparo.

Sabendo que não podemos trocar nada, de certo modo desaprendi a falar.

Estou convencido que, se fosse de outro jeito, ainda assim eu não seria um grande orador. Mas, pelo menos, teria dominado a linguagem dos homens, a comum, a usual. O drama todo é que bem cedo você me proibiu o uso da palavra. Lembro bem as *suas* palavras: "Não quero ouvir nenhuma discordância!".

A mão erguida junto com a frase me acompanham. Impedem-me de falar com naturalidade. Na sua presença, passei a gaguejar, a falar como se não soubesse o que tinha a dizer. Isso para você foi demais. E por fim silenciei, no início contrariado, e em seguida porque já não conseguia pensar direito e muito menos dizê-lo.

Como você era, oficialmente, o meu educador, imagine a repercussão que tal fato teve em toda a minha vida.

É um engano você pensar que nunca aceitei agir como você queria que eu agisse.

– Sempre do contra! – você reclamava.

Pelo contrário, eu até que tentei segui-lo no que me dizia. Não conseguir isso era um resultado, não uma implicância.

Curioso: se eu tivesse obedecido menos, acredito que você estaria mais satisfeito comigo. Seu método é que esteve errado esse tempo todo.

Ele acertou no alvo. Você não queria que eu discordasse em nada. Não discordei. Você gritou. Não me defendi. Você comandou. Obedeci. Sou direitinho o resultado da sua educação rígida e da minha docilidade. Esse resultado é lógico, embora não o satisfaça. Mas não é por não satisfazê-lo que o resultado não corresponde ao que você plantou. A planta cresceu, sou eu, e ela é torta como seria qualquer planta que você tivesse cuidado desse jeito. Mais torta, menos torta, mas torta certamente.

Seus recursos, que nunca falhavam, pelo menos comigo, eram insulto, ameaça, ironia, deboche e – o mais curioso – acusar-se de não me educar direito.

Não lembro se você me agredia diretamente com palavras fortes. Também nem era necessário. Em casa e especialmente na loja os xingamentos atravessavam o espaço e me atingiam, mesmo que não fossem direcionados a mim. Você não estava mais insatisfeito com aquelas pessoas do que comigo.

Também nesse ponto lembro-me de outra contradição sua: você insultava à vontade mas condenava e proibia insultos vindos de quem viesse.

Como se não bastasse, os xingamentos eram seguidos de ameaças:
– Vou fazer picadinho de você!

Não fazia nada, claro. Mas, pequeno, eu não podia ter certeza disso. Pior: entendia sempre todas as suas explosões como demonstração de raiva contra mim. Minha insegurança me fazia culpado e minha culpa me fazia condenado a merecer sua contrariedade.

E mesmo que eu acreditasse que você não chegaria a tanto, o fato de dizê-lo, o seu enorme poder, isso me mostrava que você, se quisesse, poderia acabar com qualquer um. Exatamente como quando corria atrás de um dos filhos, circundando a mesa, eu em pânico, esperando nossa mãe vir nos salvar. Era evidente que você não nos alcançava porque não queria. Era seu credo, sua fé – demonstrar a autoridade.

Quando eu começava a fazer algo que não lhe agradava e você me ameaçava, então o fracasso de minha iniciativa – ainda que ela tivesse bons propósitos – era inevitável, mesmo muitos anos mais tarde.

Outra vez afirmo: tornei-me o que me tornei não exclusivamente por sua causa. Já havia em mim inclinações para uma sensibilidade que minava a maioria das defesas. Você apenas reforçou o que já existia, mas reforçou *muito*.

Seu uso da ironia, sua forma de criticar não diretamente, mas muitas vezes referindo-se ao criticado como "ele", de tal forma que a pessoa não se sentia nem merecedora de receber a sua palavra, isso anulava a personalidade de quem caía na desgraça de merecer sua desaprovação. Casos houve em que eu esperava minha mãe sentar-se à mesa para perguntar a ela "como anda o meu pai?". E você ali, sentado à minha frente. Mas era perigoso demais dirigir-se diretamente a você. E se você usava o tratamento indireto para humilhar, recebia em troca o tratamento indireto pelo pânico que causava.

A criança se tornava rabugenta, desatenta, desobediente, querendo sair dali, fugir. Ao menos fugir para dentro de si mesma. Você, com razão, percebia isso e se sentia ofendido, chateado. E praguejava, ironizando:

— Isso é que é companhia!

Uma coisa me impressionava e eu não compreendia em absoluto como podia acontecer. Você se lamentava bastante. Como alguém tão poderoso pode ter motivos para se lamentar? E alguma pessoa conseguiria sentir pena de você? Eu duvidava. Não acreditava nas queixas e procurava, atrás delas, alguma intenção escondida.

Anos depois entendi que você de fato se preocupava com os filhos, mas sua conduta me impedia de enxergar isso.

Havia, sim, momentos raros e bonitos, em que você sofria em silêncio. Então eu podia notar. E valorizava-os, comovido.

Cenas como as tardes de verão, quentes, em que você quase adormecia, cansado, os cotovelos apoiados no balcão da loja, sem uma queixa, entregue ao sacrifício de lutar por nós. Ou quando minha mãe esteve doente e você, chorando, agarrou-se numa estante de livros, trêmulo. Ou ainda numa das vezes em que estive doente e você chegou à porta do quarto, ficou olhando, só não entrou por evidente consideração, para não me perturbar, cumprimentou-me com a mão e saiu em silêncio. Um momento em que, escondendo o rosto no travesseiro, chorei. Agora, escrevendo, lágrimas causadas por aquela cena insistem ainda.

Seu sorriso, quando natural, era extremamente agradável. Capaz de tranquilizar a pessoa a quem você sorria. Não consigo me lembrar de tê-lo recebido, mas acredito que tenha. Afinal, por que você teria me negado esse sorriso numa época em que eu era tão inocente e também representava um pouco a sua esperança?

Com o passar do tempo, eu preferia prestar atenção ao que era concreto, duradouro, só para me afirmar frente a você. Para convencê-lo a confiar em mim. De alguma forma eu lutava contra sensações que continham pura abstração e nenhum gesto dirigido ao mundo natural. Comecei a observar manias em você, como a de valorizar em exagero pessoas que possuíam um cargo elevado, um título de nobreza, e de se exibir que falara com elas e que elas haviam lhe dado importância. Achava isso ridículo, e ria dessa besteira. Ou dos nomes feios que você dizia em voz alta e rindo, como se fossem a coisa mais engraçada do mundo. Objetivamente, não passavam de grosserias que quase todos cometem. Rir era minha pequena vingança, mas, pensando bem, vejo que era uma forma de brincadeira, uma reação natural como a de rirmos de reis, de deuses. E que também se mistura à brincadeira e ao respeito que temos por entidades tão poderosas.

Você nunca me bateu. Porém seus gritos, o vermelhão de seu rosto crispado, o gesto de tirar o cinto e deixá-lo pendurado no espaldar da cadeira não eram menos piores que uma surra. Eu me sentia como alguém que vai ser enforcado mas ainda não o foi. E como demora o enforcamento! Se fosse enforcado rápido, acabava o sofrimento. Mas enquanto demora, que tortura! Sentia-me condenado a sofrer pelo resto da minha vida, vendo o laço balançado frente ao meu rosto.

Não bastasse isso, o castigo não se concretizava. E então eu também somava ao medo a culpa por ter sido poupado.

Você sempre me criticou, mesmo diante de gente estranha (para você, assuntos familiares podiam ser expostos ao público sem problema, não vendo o quanto essa situação humilhava mais), em razão de eu viver na tranquilidade material por causa do seu trabalho estafante, da sua escravidão. Você se matando e eu no bem-bom.

Era loucura. Você tivera uma infância miserável e agora, chefe de família, dedicava-se para que os seus não passassem pelas privações que você, criança, passara. E por que então dizia aquilo tudo? Graças aos seus esforços, estávamos materialmente bem. Mas seu discurso apontava para outra direção. Como se nos condenasse por termos sido salvos por você.

Você queria que eu fugisse de casa e passasse a mesma miséria? Queria que eu não reconhecesse seu mérito e não aproveitasse o único prêmio que você conseguira oferecer, o material? Que o jogasse fora e começasse do zero, ignorando a sua luta e não lutando do meu modo, mas do seu?

Ao mesmo tempo, você não aprovou o fato de Ottla, sozinha, ir cuidar de uma propriedade rural. Ora, ela não estava seguindo seu exemplo? Você se contradizia. Nas histórias que contava, mostrava-se vítima e nos acusava de afortunados. No entanto, se algum de nós tentasse sair daquele conforto pelo qual você lutava como um soldado, acusava-nos de ingratidão ou traição.

Eu só podia desfrutar o que você me proporcionava através da vergonha, do cansaço de ser acusado como alguém que só recebe e nada dá, da fraqueza (porque tanta acusação nos enfraquecia, e quando chegasse a hora de lutarmos, já adultos, não estaríamos tão preparados assim), e da culpa, sempre da culpa.

O resultado dessa educação é que fugi de tudo o que lembrasse você. Primeiro da loja. Na infância ela era um lugar acolhedor, uma boa escola, mas de tal forma ela foi se misturando à sua figura, ao jeito com que você tratava os empregados, que já não me sentia bem dentro dela e nem mesmo pensando apenas na atividade de comerciante. Tanto isso me marcou que já em meu emprego numa seguradora, assim que passei a ver insultos de superiores a subordinados, não pude com isso e pedi demissão ao diretor.

Se eu queria fugir de você, precisava fugir também da família e até de minha mãe. Nela eu sempre encontrava proteção, mas ela era como uma isca para a sua caça. Ela o amava demais. Em minha luta contra o poder que você exercia, não podia, de forma alguma, contar com ela. Não podia culpá-la. A sua luta tornara-se a luta dela. Como não lhe ser fiel? Foi tanto que até no episódio de Ottla ela se voltou contra a filha, igual a você. Talvez, se tivesse conseguido um pouco de independência, se não tivesse sobrado para ela o difícil papel de intermediária entre você e os filhos, ela pudesse escolher com mais liberdade.

Você foi sempre afetuoso com minha mãe, mas neste ponto não a poupou em nada, como nós não a poupamos na luta que se travou entre nós e você. Ela ficando no meio entre marido e filhos e todos descarregando sobre ela as queixas de uns e outros. Nenhuma contribuição nasceu daí.

Quanto ela sofreu por nossa causa ouvindo coisas ditas por você! Quanto ela sofreu por você ouvindo coisas ditas por nós!

Minhas irmãs só em parte passaram pelo que passei. Na verdade, a exceção foi Valli. Soube aproximar-se como ninguém de nossa mãe. Em razão disso, também esteve mais próxima de você. E como ela de certo modo se parecia com mamãe, você a acolhia sem exigências.

Elli, que me seguiu em nascimento, foi quem dos filhos melhor o enfrentou. Nunca, na infância, eu imaginaria dela essa força. Vivia emburrada, cansada, demorava em tudo que fazíamos. Medrosa, obedecia sem discutir nada. Era preguiçosa, maldosa, ambiciosa e avarenta. Eu não gostava dela, mesmo sendo minha irmã. O que mais me incomodava era ver nela algo que eu reconhecia em mim: o modo de aceitar ser mandada sem discutir. Insegura, sua avareza era o resultado de apegar-se ao pouco que podia conquistar. Exatamente como eu, que detestava perder a migalha que conseguia.

Tudo mudou quando, já moça, ela casou-se. Saiu de casa, teve filhos, tornou-se alegre, despreocupada, corajosa, generosa, cheia de esperança. E, incrível!, você nem notou essa mudança. Ou notou e reagiu com tamanho desgosto que preferiu fazer de conta que nada tinha acontecido. A questão é que ficou evidente que você não aprova Elli e o fato de gostar do marido dela e amar as duas netas que ela lhe deu são um problema a mais para você.

Ottla é um tema acerca do qual nem me atrevo a escrever. Com isso posso estar jogando no lixo toda a intenção desta carta. Afinal, ela é o tema mais complicado, a relação mais difícil entre um filho e você. Se ela está passando necessidade ou corre perigo, você age em favor dela. Fora essas situações isoladas, você é só rancor, até mesmo ódio, o que, você já me confessou, deve causar nela satisfação por vê-lo sofrer. Que distância monstruosa se colocou entre vocês dois, mais do que entre você e eu.

Entre nós dois não houve exatamente uma luta. Eu fui, de saída já, liquidado. O que restou foi eu fugindo sempre, amargura, luto (como quem perde um pai, morto em vida), e ainda um resto de luta, é verdade, e até muita luta, mas luta interior, de mim comigo mesmo.

Você e Ottla sempre estiveram em guerra, uma visão tão grandiosa quanto triste. Creio que o que os afastou foi do seu lado a tirania e do dela a enorme sensibilidade, o sentimento de justiça, a inquietação que ela herdou da família de mamãe. Tudo isso somado à consciência que Ottla tem da força dos Kafka, contra a qual é preciso se defender.

Durante muito tempo desejei que ela, minha aliada, fosse dos filhos a mais próxima de você, que nela você encontrasse reconhecimento aos seus esforços. Mas seus repetidos julgamentos e a forma como os expressa a fizeram afastar-se e identificar-se com minhas reações, ainda que de forma diferente – nela com tristeza, em mim com desespero.

Muitas vezes você nos percebeu falando, cochichando, rindo, com tom irado, e o tema era você, sim. Mas não é tão simples como você pensa. Dois filhos maquinando contra o pai do qual se afastaram? Não. São conversas intermináveis porque interminável é o assunto. Interminável porque envolve respeito, admiração, ressentimento, amor, revolta, uma mistura de sentimentos opostos e complementares que provam que você, como nós, é um ser que luta para não ser apagado pelo mundo e busca reagir de alguma maneira.

Sua antipatia acertou de modo certeiro a minha atividade de escritor. Atividade que você desconhecia. Através dela eu havia afinal me distanciado com certa independência do seu mundo. Mas me sentia como a minhoca que alguém pisa em uma metade dela, a esmaga, e a outra metade segue arrastando-se. Ali, de algum modo, eu estava em segurança. Sentia alívio. Sua desaprovação ao que eu escrevia era bem-vinda. Você nem lia. A cada livro que chegava, você dizia: "ponha em cima da mesinha de cabeceira."

De algum modo, meus escritos tratavam de você, de sua presença, mesmo ela não estando clara. Era literatura e seu poder, pai, aparecia nela de outra forma, em outras pessoas e de maneira simbólica. Mas isso prova uma coisa, dolorosa: mesmo escrevendo, eu ainda não estava livre. Você continua lá, nos livros.

Tive duas tentativas de casamento. Ambas frustradas. Você não aprovou nenhuma e eu próprio não as aprovei. Na verdade, aprovei as moças, mas não pude com a ideia de casar-me. Não fui feito para o casamento. O que eu sabia sobre ele, que modelo de casamento tinha? O de você com minha mãe, companheirismo, fidelidade, filhos. Mas vocês dois foram tão unidos que até os filhos sobraram e meu modelo de casamento era baseado nos filhos, o máximo que se pode ter, segundo entendo: uma família. O tema central desta carta, aliás, não é a família, no geral, mas a relação dos pais com os filhos. Foi diante desse compromisso, tão atormentador, que sucumbi e desisti de casar-me. Não fui capaz.

Você pode me responder, depois de ler tudo isto, que ter escrito esta carta, culpando-o e julgando-me inocente, ou culpando-me para parecer, quem sabe, mais nobre, e inocentando-o, para parecer mais heroico, todas essas explicações, você pode argumentar que não passam de uma demonstração de que ainda vivo às suas custas, de que sou um parasita.

Respondo então que essa crítica, que pode se voltar também contra você, não vem de você, mas de mim. Nem mesmo sua desconfiança do mundo é maior que a minha, principalmente a desconfiança que tenho de mim mesmo, para a qual você me educou.

A vida é mais que um jogo de paciência, de gato e rato, de cabo de guerra. É preciso refletir detalhadamente sobre os afetos e desafetos daqueles que nos são mais próximos. Sempre com a coragem de olhar na cara do próprio medo e desvestir a falsa coragem, que apenas agride. Só assim para mostrá-la, não nua, mas vazia. Isso ajuda bastante a nos aproximarmos da verdade que nos deixa enxergar com mais clareza e com mais calma tudo o que o tempo nos ensinou, matou e salvou.

Necessitamos dessa confissão para que a vida vivida fique mais leve e a morte futura não nos assuste tanto.

Franz

PAULO BENTANCUR.
Brasileiro, nasceu em Santana do Livramento, Rio Grande do Sul, em 1957. Aos dez anos mudou-se para Porto Alegre, onde vive atualmente. Ainda estava no que hoje seria o início do Ensino Médio (tinha 14 anos), quando começou a trabalhar como revisor em uma editora. Tão cedo? Sim. Sendo leitor insaciável desde os oito anos, já tinha uma "formação" consistente no idioma para que pudesse, longe ainda da Universidade, revisar livros escritos por adultos formados. De 1972 até 2007 foram 33 anos trabalhando em editoras, lendo e avaliando originais, passando a escrever crítica literária para a grande imprensa do país desde os anos 1980, o que faz até hoje.
Adora ler, ler e ler. Acredita que é tudo de que um escritor precisa: ler. Paulo Bentancur publicou cerca de trinta livros: meia dúzia para público adulto e a maioria de infantojuvenis. Entre os mais destacados estão: O menino escondido, *1995, Prêmio Açorianos de Literatura Infantojuvenil da Secretaria Municipal de Cultura de Porto Alegre do ano seguinte;* A máquina de brincar, *poemas infantis, 2005, adotado pelo Governo do Estado de São Paulo naquele ano. Em 2009, com duas pequenas novelas, investiu em uma nova fase: terror com humor:* O morto que não encontrava o Céu *e* Tem vampiro no hospital. *Para adultos, destaca* Bodas de osso, *Prêmio Açorianos de Poesia em 2005, e* A solidão do Diabo, *contos, em 2006. Alguns desses contos foram traduzidos na Argentina e na Itália. Por que essa preferência pelos mais jovens? Talvez porque ele seja também um adolescente, isto é, uma pessoa inquieta e em transformação. Como afirma: "Deus me livre de parar de perguntar! Deus me livre de ficar quieto e bem-comportado!".*
Gosta muito de poesia e, embora quase não publique poemas, busca, nos livros de ficção que escreve, um clima poético a envolver as situações que os personagens vivem e as descrições dos lugares por onde eles passam. Escreve todos os gêneros – contos, crônicas, poemas, romance, crítica... e, aqui, na coleção Três por três, também foi o adaptador de Shakespeare e de Kafka. Trabalho que fez com brilhantismo, traduzindo em prosa narrativa as dúvidas do príncipe Hamlet e sintetizando a essência das neuróticas amarguras de Kafka, em Carta ao pai. *Certamente, sentimentos e observações que permitiram que resgatasse suas reais emoções paternas ao escrever sua história sobre o tema, em* Pai embrulhado para presente.

Para Vera, que me deu Maria;
para Silvana, que me deu Laura.
E para Maria e Laura,
que me deram a paternidade.

1
HORA DE PARTIR

– PEGUE QUE O PAI É SEU – disse Júlia, 21 anos, fingindo uma certa severidade diante da irmã, Sofia, de seis.

Sofia não pestanejou. Na sua idade, pegou depressa pela mão aquele homem, sem atinar para o sentido da frase. Se é que aquilo fazia sentido. Não vivia o abstrato das ideias tanto quanto vivia o fato concreto de um pai que lhe estava sendo devolvido.

A pouca idade não dava à Sofia chance de entender por que Júlia foi-se embora sorrindo. E entendeu que o pai, que agora lhe beijava os cabelos, sorria porque simplesmente se sentia satisfeito ao lado dela.

E era verdade. André passava de um amor a outro, bem depressa, mas agindo diferente. Não existe coisa mais diferente do que dois amores.

Dois ódios, por exemplo, parecem coisa idêntica, sem diferença alguma. Ódio é cego, burro, perigoso. Ódio não quer nem discussão. Ódio só quer vingança.

Amor não é cego. Paixão até pode ser, quem sabe? Mas amor...

Amor muda quando a pessoa amada é outra. A gente ama uma pessoa de um jeito – o jeito que ela tem – e outra pessoa a gente ama de outro jeito. Sendo pessoa diferente, o que sentimos, mesmo sendo amor, não é o *mesmo* amor, é sempre outro.

No caso, André amava as duas filhas, e muito. Mas cada uma de um jeito que nem ele saberia explicar. Bem diferente, é certo.

Lembrou-se do ano anterior, quando saiu a viajar com Júlia, uma viagem breve, nas férias de fim de ano da faculdade da filha. Uma viagem que ele já tinha adiado por muito tempo. Falta de dinheiro, excesso de trabalho, razões suficientes para a viagem não acontecer. Mas promessa é promessa, e filha é filha, e merecimento é merecimento.

Ela fazia o curso de Psicologia. O pai até brincava com o fato:

– Inventei essa viagem só para fazer terapia. Você vai me tratar, doutora.

– Ih, pai, falta muito ainda para eu ser doutora. Só me formo daqui a um ano e meio.

– Tudo bem, filha. Eu sei. Mas para você se formar tem que fazer estágio. E seu estágio será esta semana na praia comigo. Uma prova de fogo, um senhor desafio: tratar do louco do seu pai!

– Nisso você tem razão. Louco mesmo...

E foram.

Viajaram de avião para Florianópolis, 45 minutos.

– Como é rápido, né?

– Avião é avião, filha.

– 750 km por hora! Foi o que o comandante disse.

– Pode acreditar, Júlia, ele não estava mentindo.

– Sei, pai! Ôôô! Tá pensando que eu não me informo? Tem avião que chega aos 1.000 km por hora. E de seiscentos eles não baixam.

O pai levava uma maletinha e mais um *notebook*. Era jornalista e sempre surgia uma pauta urgente nos piores momentos. Júlia levava duas malas e mais uma mochila. O pai olhou aquilo tudo, sorriu e perguntou:

– Vamos ficar um mês?

– Para, pai. Não sou maltrapilha como você...

Riram.

O sol era forte. Sofia tinha horror a sol. Não que gostasse de dias nublados. De chuva, muito menos, mas o sol, ainda mais no clima úmido de Porto Alegre, era uma panela cozinhando as cabeças dos transeuntes. Não a de Sofia que, prevenida, tinha vindo com seu chapéu cor-de-rosa com flores verdes, primaveril.

— Tá bonita, garota.
— Eu sei...
— Convencida.
Sofia era um sorriso só, convencida mesmo. Mas o convencimento nela, pela idade, era uma forma de inocência. Um sinônimo como outros para acreditar em tantas coisas. Uma forma de esperança misturada à certeza de que teria sucesso em tudo que fizesse.
— Vou ser cantora de *rock*.
— Por que *rock*, filha?
— Porque as cantoras que acho mais bonitas são roqueiras.
— Mas e a música? O que importa não é você gostar da música?
— Eu gosto da música!
— Não é barulhenta demais?
— Ué, você é surdo!...
— Nem sempre.
Sofia não entendeu. Mas respondeu:
— É ótima de dançar.
— Dançar ou sacudir o esqueleto?
Eta pai cheio de perguntas esse!
Sofia ficou muda. Existia diferença entre dançar e sacudir o esqueleto? Ajeitou o chapéu. Não havia brisa e o calor era intenso. Mas como ela mais corria que caminhava, o chapéu, às vezes, dançava na cabeça, e quase caía. Não era questão de ajustá-lo; era a inquietação da menina. Derrubou duas vezes o pacote que o pai lhe trouxera de presente (um álbum e 20 pacotes de figurinhas) e fez o chapéu dançar como se seus cabelos encaracolados fossem um espaço onde tocava um *rock* a sacudir o chapéu ao som da agitação alegre de quem sabe que havia um caminho a tomar: o *shopping*.

No aeroporto ainda, na área de desembarque, Júlia recebeu a primeira chamada telefônica tão logo religou o celular, proibido de ficar ligado durante o voo.
— Poxa, filha, o Daniel não perde tempo!
— É saudade, pai... — Ela provocou.
— É mania de celular que esse garoto tem.
— Ih, pai, para de implicar com o teu genro favorito.
— Tem mais quantos?
— Bobo! Nenhum mais.

– Boba é você, que só fica com esse Daniel.

– Opa! E um pai vai querer que sua filha exemplar fique com um monte de garotos?

– Claro que não, meu amor, é só um modo de falar. O problema é esse Daniel, com tanto rapaz bem mais legal por aí, dando sopa...

– O que você tem contra ele, Senhor Exigente?

– O fato de que ele liga vinte vezes para o seu celular.

– Mas isso não é bom, não é sinal de que ele gosta muito de mim?

– Pode ser sinal de falta do que fazer. De um sinal de insegurança. De que ele é desconfiado. De que ele não cuida a conta do celular. Isso se é ele quem paga, se não é o pobre do pai dele.

– Credo, pai, pegou pesado! Não sobrou nada do Dani. Você fez pó do coitado...

– Desculpa. Claro que tô exagerando.

E mais não falou. André estava atento à esteira onde as bagagens que não eram de mão rodavam e rodavam e ele via Júlia aflita, com medo de não reconhecer suas duas malas, às quais outras se assemelhavam. A mochila ela trazia às costas. E, parecida com o pai, estava numa expectativa nervosa. Tinha medo de que as malas se perdessem para sempre.

Já pensou?

2
6.307.200 QUADRAS

A CIDADE TEM OITO SHOPPINGS. *Shoppings* são cidades. Pequenas cidades comerciais.

Porém, mais que comércio, trata-se, naquele lugar – para pessoas como Sofia, seis anos –, de uma espécie de, se não cidade, um bairro, um centro, com tantas possibilidades que ela mal conseguia contar: praça de alimentação, centro de entretenimento com jogos eletrônicos, cinema, banca de jornais, papelaria, livraria, lanchonete, lojas de brinquedos, perfumaria, supermercado, bancos. Até em bancos Sofia gostava de ir. Enquanto o pai entrava na fila, ou, mesmo, no caixa eletrônico, a menina ficava juntando folhetos, bloquetos, recibos abandonados por alguém, numa sede de colecionadora de papéis que lhe pareciam muito, muito importantes.

Tardes inteiras nasciam e morriam enquanto os dois ficavam no *shopping*. Nem dava para frequentar tudo. Um cinema e, depois, a praça de alimentação, e, pronto, saíam dali já com a noite chegando.
– Esfriou, pai...
– Esfriou. Olha o chapéu.
– Mas já estou de chapéu, pai! Não entendo. Se tem sol, eu preciso de chapéu por causa do calor. Se esfria, eu preciso de chapéu por causa das orelhas. Que coisa...
André encolheu os ombros. Fez cara de quem é que entende? E Sofia fez a mesma cara, sem realmente entender.
Entraram no carro. André foi saindo devagar no estacionamento subterrâneo. Subiu a rampa. Sofia no banco traseiro olhando pros lados, gostando das curvas que o carro fazia através daquele túnel sinuoso.
– Gostou do filme, filha?
– Eu sim. Você não, pai.
– Eu não?
– Claro. Dormiu o tempo inteiro.
– Impressão sua.
– Dormiu que eu vi!
– Se me viu dormindo então nem prestou atenção no filme...
– Bobo!
"Bobo"! As filhas geralmente o chamavam de "bobo". A expressão repetida das duas era uma coincidência ou uma palavra que andava no ar ou ele era bobo mesmo. Por elas ele sabia que era bobo – quem não seria com duas filhas assim? –, mas era, além disso, um bobo de fato?
Dirigia quieto, atento ao trânsito, um tanto agitado àquela hora. Final de sábado, a noite chegando, grupos de jovens se preparando para as baladas de mais tarde. Adultos saindo para jantar. A cidade inteira se visitava na casa de parentes, ia jantar nas pizzarias. Ia levar os filhos nalgum lugar.
– Pai, falta quanto para chegar em casa?
– Ué, menina, você ainda não aprendeu a contar as quadras? – perguntou por perguntar. Sabia que não era fácil. Nem ele sabia direito quanto faltava. Mas chutou: – Acho que faltam umas... oito quadras. Já estamos chegando!
– Mas oito é muito...
– Por que é muito?
– Pô, pai, eu tenho seis anos e olha só quanto tempo demorou até eu fazer seis. Oito é mais que seis, eu já aprendi.

— Sofia, você pirou? Seis anos é uma coisa, oito quadras são coisa bem diferente. Um ano leva um ano para passar. Doze meses, 52 semanas, 365 dias. Uma quadra leva, deixa eu ver — o trânsito estava lento, quase engarrafado —, uns 30 segundos.

— Quanto é 30 segundos?

— Quanto são 30 segundos? Meio minuto.

Sofia não conseguia fazer as contas.

— Resumo, filha, para simplificar. Nessa velocidade, vamos demorar quatro minutos para andar as oito quadras e chegar em casa.

André ficou fazendo cálculos. Sofia, cantarolando, desinteressada.

— Olha só, filha. Na velocidade que estamos no carro, levando os seis anos que você tem, a gente andaria 6.307.200 quadras.

— Quanto? — Sofia retornou de seu mundo de sonhos.

— Bem, um monte mais que as pouquinhas quadras que faltam para chegarmos em casa... Aliás, nem faltam. Já estamos chegando.

Manobrou o carro em direção ao portão de entrada do estacionamento do prédio.

— Como oito quadras não é nada, pai...

— Não são nada, filha, não são nada.

3
TANTAS PRAIAS

— ALI, PAI, ALI!

— Onde?

— Ali, bobo!

André recordava desse instante. Júlia pulando, como se tivesse ganhado na loteria. As duas malas passeando na esteira de bagagens do aeroporto de Florianópolis.

Pegou as malas, pesadas.

— Afinal, que é que você está levando aqui dentro? O Daniel, tenho certeza, deve estar dentro de uma delas. A outra, deixa eu pensar, acho que você pôs a Laís nela.

— Eta bobeira...

Pesaaadas!

André precisou pegar um carrinho auxiliar e nele empilhou as duas malas embaixo, sobre elas pôs a sua maleta e em cima da maleta, a mochila de Júlia. Formou uma altura considerável, pouco mais de meio metro. Não era um exagero de peso. Entretanto, também não era nada que se pudesse levar assim, brincando, como quando ele se fazia de Super-Homem, na infância de Júlia, e pegava uma coisa bem levinha, tipo uma pena, e fingia que aquilo pesava mil quilos.

Júlia então adorava. E aí arrancava a pena da mão do pai, como quem já vai dizer "você não me engana", mas, inteligente que era, entrava no espírito da brincadeira, e ela também deixava o braço mole, fingia que a pena pesava mil quilos. E derrubava aquele "peso todo".

Chegaram à fila do táxi. O motorista ajudou André a colocar a bagagem no porta-malas.

– Hotel InterCity.
– InterCity?
– Sim, o Premium. Fica no centro, quase em frente da rodoviária.
– Sei.

André temia, sempre em viagem, jornalista que era, os taxistas, que em geral parecem ter faro pra turistas e não resistem em dar voltas a mais e fazer a corrida bem mais cara do que seria o normal.

Júlia conhecia a severidade do pai nessas situações. Temia que ele fosse duro com o homem.

– Pai...
– Júlia, não se preocupe. Alguma vez você me viu dando bronca em alguém?
– Nunca.
– Então tá tudo certo. Fica tranquila, filha. Só quis mostrar a ele que conheço o lugar, que não adianta tentar nos enganar. Se me deixasse falar mais, eu ia repetir a ele tudo que li na internet, tudo que decorei, meia hora de informações. Não sou bobo, né.
– Bobo...

O carro deslizou veloz pelas pistas largas da ilha.

Chegaram ao hotel, branco como uma nuvem em dia claro, doze andares. A fachada não tinha nada em especial, mas não era feio. Tinha a aparência de algo sólido e confortável. Para que mais?

A corrida deu o esperado.

No balcão, preenchendo a ficha de entrada, André escolheu um apartamento de luxo com duas camas de solteiro. Tinha tevê a cabo, frigobar, ar-condicionado, o básico. A mais, secador de cabelos, o que fez Júlia vibrar, e mesa de trabalho, o que levou André a lembrar-se de que tinha uma pauta em aberto.

"Férias, mas com uma matéria me pesando nos ombros", pensou.

Perguntou logo à recepcionista onde ficava o terminal urbano que conduzia às praias.

– Quinze minutos de caminhada, menos de um quilômetro daqui. Não precisa pegar condução para ir. Lá o senhor pode ir para os terminais integrados ao sul e ao norte, onde ficam as principais praias, a maioria.

– Quero conhecer todas – anunciou Júlia.

– Vai conhecer, filha.

Subiram. O quarto era maior do que calcularam. Júlia ligou a tevê, embora nem pretendesse assistir a nada. Mais por costume mesmo. André examinou o frigobar, no vestíbulo que antecedia o quarto, com duas poltronas e mais a mesa de trabalho, bonita e adequada para um *notebook*, pronto a entrar em ação, e alguns livros e papéis a serem espalhados. No frigobar, tirando cerveja, de que ele não gostava, o resto era o de sempre, necessário.

Júlia postou-se ao lado.

– Deixa eu ver, pai. Quatro águas, dois refrigerantes normais, dois *light*... estes são para você!

– Êêê, eu tô elegante.

– Brincadeirinha, magrelo.

– Bem, pelo menos não me chamou de "bobo".

– Bobo... Dois sucos, quatro cervejas. E em cima tem castanha, duas barras de chocolate preto e duas de branco, bolachinha recheada...

Em segundos examinava a cama, na qual atirou-se como quem mergulha numa piscina.

– Macia...

– E eu ia levá-la para uma espelunca?

– Não sei, não sei... – provocou de novo.

– Se quiser eu troco de hotel. Podemos ir pra Pousada do Josualdo.

– Para, pai. Com esse nome!

– Pois é.

– E existe?

– Claro que não.

Júlia foi à janela, abriu as folhas duplas, de cima a baixo. Davam para uma pequena sacada, suficiente para ver um bom pedaço da cidade. Estavam no oitavo andar.

– Que bonito visto daqui.
– Na praia vai ser mais bonito.
– Isso é óbvio, seu bobo.
Estava demorando...

– E aí, como foi o passeio com sua irmã?
– ...
– Interessante, Sofia! E que mais? – a mãe zombou.
Como sempre, a menina não respondia. Parecia que, além de se divertir, guardar segredo sobre o divertimento era um divertimento a mais. Então ela não contava nada acerca do acontecido. Os outros que adivinhassem.
No fundo, os pais queriam saber porque lhes dava prazer saber. Dividir a possível alegria da filha proporcionava alegria a eles também. Além disso, como pais que eram, preocupavam-se. Precisavam ficar informados se não houvera nenhum problema, se tudo tinha ocorrido da melhor forma.
O jeito era perguntar pra Júlia.
O que André sempre fazia.
A filha de Lúcia, ex-mulher de André, futura psicóloga, nunca deixava por menos. Ainda mais se o assunto era a irmã menor, com quem ela igualmente se preocupava.
– Sabe como a Sofia é, pai.
– Sei.
– Teimosa.
– Sei.
– Tem de ser sempre do jeito dela.
– Sei.
– Mas eu explico, explico, e vou dando um jeitinho aqui, convencendo ela ali, até que ela cansa, acho eu, de implicar com quase tudo, e aí as coisas rolam legal.
– Sei. Seis anos não é mole, filha.
– Sei.
Sentia-se um bobo, nessas horas. Não achava justo exigir da filha mais velha o papel de quase mãe da irmã mais nova. Mas qual é nosso papel, afinal de contas, com as pessoas que amamos?
O de pai, o de mãe, o de irmão, o de filho, o de professor, o de aluno, o de tanta coisa. Principalmente o de amigo, papel para o qual precisamos de muita paciência.

Sobretudo quando tratamos com crianças.
Júlia precisava ter paciência.
Mas ela vivia a plenitude de sua juventude. E, ao mesmo tempo, o fim, já, dessa juventude. Tinha direito de não perder esse momento – o instante máximo de seus estímulos, de sua vontade em viver.

Nessa fase da existência, a pessoa quase não dá bola pros problemas alheios. É meio inevitável. Mesmo em se tratando da própria família. Mesmo estando em discussão a própria irmã.

– Sei lá, pai. Para com tanta pergunta. Pergunta pra Sofia.

– Você sabe como ela é, fica viajando no mundo da lua e não responde direito.

– Educa ela, pai!

– Tá, Júlia, tá.

André, nessas horas, encolhia-se. Era uma situação difícil. Júlia deveria estar com Daniel em algum barzinho nesse momento, o sábado "recém-começando" para ela.

Já "cumprira com o dever de casa", passeando com a irmã durante a manhã, tendo levado-a a uma peça de teatro na Casa de Cultura Mario Quintana, às dez. Depois o lanche do meio-dia, que elas chamavam de almoço.

Sofia exigia toda atenção só para ela. Como boa estudante de Psicologia, Júlia sabia que aos seis anos a gente se sente o centro do mundo. Mas aos 21, se ninguém se sente o centro do mundo, também sabe que não é mãe da própria irmã.

Como mais velha e com uma idade que lhe permitia dominar as situações mais difíceis, Júlia levava esses passeios numa boa. Até o momento em que Sofia começava a complicar por qualquer coisinha. Aí era dureza.

4
VELOZ DEMAIS

– JÁ REVISEI CADA DETALHE e, ó, pai, tudo OK.
 – O hotel é joia!
 – "Joia"?!
 – Super.

– "Super"?
– Massa.
– "Massa"?
– Irado?
– Ufa, enfim entendi o seu idioma, pai. Vê se você se atualiza.
– Bah, Júlia, vou precisar de um cursinho...
– Primeira lição: "bah" é coisa de gaúcho.
– E você quer o quê? Nós sooomos gaúchos.
– Mas não queremos ser descobertos, queremos?

André riu. A viagem começara bem. Descartaram o restaurante do hotel e foram jantar fora. Num barzinho à beira da lagoa, ao fundo a ponte Hercílio Luz travando um duelo incessante com as luzes na água.

– Bonito aqui.
– É... Eu... – André ia dizer algo, quando tocou o celular de Júlia.
– Tô com o meu pai no... Como é o nome, pai?
– Cruzeiro.
– No bar Cruzeiro, um barato. É como fazer um *tour* por terra, mas vendo a água, a ponte, alguns barcos sendo recolhidos, um atracadouro ali perto. Gente diferente, com cara de marujo, de lobo do mar, já imaginou as figuras?

Pai em silêncio. Pensando nos planos para o dia seguinte. Júlia riu alto. De felicidade ou porque a piada devia ter sido boa.

Do Daniel? André duvidava.

– Tudo bem, o pai marca mais em cima do que você, seu ciumento.

Ah, Daniel, preso à cidade, envolvido com a loja de autopeças do pai, só podia ficar à distância, apreensivo com o charme da namorada à disposição dos olhares dos garotos em férias numa cidade que oferecia cerca de cinquenta praias. Cinquenta! Um exagero.

E Daniel, definitivamente, não era bobo.

Quinze minutos depois, Júlia desligou, suada.

– Namorados!
– Incomodam, filha?
– Não vou responder, pai.
– Que maldade...
– Você merece.
– Mas eu sou bonzinho.
– ... E muito enxerido.
– Pai que é pai quer saber de tudo.

– Nem todos.
– Esses não são pais.
– São o quê?
– Sei lá. Amigos?
– Amigo mesmo quer sempre ajudar. Não se distrai.
– Ih, pai, isso aí é santo!
Riram.
"Êêê, filha!", pensou André. Amigos querem saber de tudo, querem acompanhar o que está acontecendo, querem ajudar. Pai que é pai é, antes de tudo, amigo.
– Tá certo. – Júlia reconheceu. – Mas, pô, pai, você é amigo demais, entende? Você quer saber muito. Tem coisa que não posso dividir com você.
– Tô sabendo. A coisa mais sagrada são os segredos de cada um. Desde que não sejam assuntos graves, claro. E eu tenho plena confiança em você. Espero que você também confie em mim. Então quando pergunto alguma coisa, é porque imagino que não há problema em me contar. Aí você se nega a falar, e, bom então eu até fico aflito, imaginando algum problema.
– Fica tranquilo. Nenhum problema.
Tocou o celular de novo.
O de Júlia.
Ninguém me liga, Deus?, perguntou-se André.
Era Laís.
– E aí, guria? Certo. Sim. Bem... Tá. Claro. Sei. De jeito nenhum! Pensa bem. Eu faria diferente. Ah, isso lá é verdade. Fechado. Laís! Você tá louca? Dá um tempo nessa história, depois a gente se fala.
E desligou.
André gravou palavra por palavra (cada palavra uma frase inteira, às vezes duas, três palavras, e nada mais). Gravou a conversa inteira. Como traduzi-la? Impossível.
Pediu uma garrafa de vinho, que não aprovou depois da segunda taça.
– Acho que desaprendi a beber.
– Então quem é que vai me ensinar?
– Espero que ninguém.
– Não seja bobo, pai. O Dani entende de vinho como poucos guris que conheci até hoje. O pai dele tem uma adega no subsolo, embaixo da escada da sala, que conduz aos quartos no andar de cima.

– E ele... bebe muito?
– Quem, seu Agenor?
– Não se faça, mocinha. O Dani!
– Pai! O Dani foi lá em casa jantar umas vinte vezes. Alguma vez você o viu beber além da conta?
– Primeiro, o Dani jantou lá em casa cinco vezes, se tanto. Segundo: eu nunca ofereci vinho a ele. Só cerveja. Não quis arriscar. Porre de vinho é barra.
– Ah, então você confessa?
– Júlia, não tira onda! Eu tenho 45 anos, já experimentei muita coisa.
– E você quer que a gente chegue aos 45 sem experimentar nada?

Sofia já estava em seu posto-chave: o computador. Na internet falava com duas colegas de aula, Maria Eduarda e Natália, ambas com sete anos. Estaria falando com Júlia se a irmã estivesse em casa. Perguntou por ela.
– Saiu com o Daniel – respondeu a mãe.
– O que ela quer com esse Daniel?
– Bem...
– "Bem" o quê, mãe?
– Namorar, filha.
– Que nem eu, né, que namoro com o Lucas A., o Gui, o João Pedro e o Diego?
– É! Beeem pareciiidooo. – A mãe completou, rindo.
– Mãe, sabia que a Natália colocou no ar um desses *sites* especiais de passatempo que são criados por internautas?
– Com essa idade, filha?
– E pra ter esse tipo de *site* tem idade, Ana? – interveio André.
– Tem. Como você sabe, é uma espécie de *blog*, só que dedicado aos ídolos do "blogueiro". Uma espécie de álbum visual com direito a todo mundo dar palpite, sugestões, e o responsável pelo *site* se encarrega de fazer promoções. O da Sofia é com imagens da Miley Cyrus.
– Pobrezinha. Essa Miley Cyrus está com os dias contados. Tem quinze anos. E já pensa em aposentar a personagem que faz no seriado de tevê e seguir carreira solo de cantora. Adeus, atriz!
– Pois é. Deixa ela aproveitar enquanto pode.
– Por isso. Acho que *site* de passatempo não tem idade. É um álbum de figurinhas em forma de *blog* e de *site* de relacionamentos.

— Esses nomes em pouco tempo não irão dizer mais nada. O mundo virtual é veloz demais.
— A Sofia é veloz demais.
— Isso eu sei. Vivo correndo atrás dela. Aliás, como foi lá no *shopping*?
— O de sempre. Ela querendo ir em quase tudo e eu oferecendo duas atrações para ela, uma para se divertir e outra para comer.
— Se a gente atende metade do que ela pede, vamos à falência.
— Nãããooo! Basta vender o apartamento e o carro.
— É, tem razão — riu Ana.
— E é sério, hem. Não é de rir...

Sofia ficou no computador das oito, depois da janta, até quase meia-noite, antes de deitar por insistência dos pais. O dia seguinte era sábado e, se deixassem por ela, amanhecia em frente à tela do computador.

Ou quase.

5
UM CÉU SEM AVIÕES

TOCOU O CELULAR. Outro toque, bem diferente. Júlia nem se mexeu. Sabia que era para o pai. O toque quase solene, sério como banda de colégio. Eta toque sem graça, bobo.

— Alô... Claro, tô com a Júlia aqui em Floripa. Não, nem começamos ainda a esquentar. Nenhuma praia visitada por enquanto. Chegamos hoje logo depois do meio-dia. Sim! Sim. Sim... Tô sabendo: notícia não tira férias. Mas... Claro. Mas... Sei, Carlos, sei, mas repórter não falta aí. O que o Linhares disse? Me quer nessa. Tá bem. Obrigado. Obrigado. Exato. Certo. Vou verificar. Coincidência mesmo.

— O que foi, pai?

— Greve dos controladores de tráfego aéreo. Levamos sorte. Decidiram logo depois que embarcamos. O aeroporto agora está um caos. Os voos em média já estão com duas horas de atraso. E não há previsão de horário, sabe o que é isso, filha? Sem previsão? O editor destinou um repórter para cada capital, para enviar uma matéria sobre como está o movimento no aeroporto e o que a administração do campo de pouso está fazendo. Aqui no Hercílio Luz a bomba está comigo. Eu que vá lá e entreviste funcionários e usuários e escreva algo a respeito.

– Hercílio Luz? Pois é... Eu achei que o nome da ponte era o mesmo!
– E é. Falta de imaginação. Preguiça, sei lá. E a ponte é caso sério. Está desativada desde 1982, você vê! Há um quarto de século, praticamente, por causa da corrosão acentuada e da deterioração das torres principais. Mas como é cartão-postal, os caras não arrumam, mas também não põem abaixo. Virou símbolo; inútil, mas símbolo.
– Quem foi, afinal, Hercílio Luz?
– Um governador com dois mandatos e entre o primeiro mandato e o segundo foi três vezes senador. O homem era inquieto. Quase no final do seu segundo governo, construiu a ponte. Morreu dois anos antes de ela ser inaugurada. Abriram-na para o trânsito em 1926 e em 1982 ela deu pros cocos. Está lá, parada, feito uma fotografia.

Júlia ficou pensando na imagem. Achou bonito. E triste. Uma ponte abandonada. Quase sem futuro. E linda de se ver. Abandonada e linda.

André, jornalista que era, não negava a vocação. Tinha muita informação memorizada e gostava de falar disso.

– No ano em que Hercílio já estava doente, antes de ir pra Europa, de onde retornaria para morrer, deixou tudo acertado para a construção de um aeroporto. Muita água, isto é, muita terra iria rolar até o Hercílio ser inaugurado e receber, como homenagem póstuma, o nome que recebeu. Mas já estão há horas tratando de construir um terminal de passageiros maior, internacional.

– Pai.
– Que é?
– Estamos com um problema.
– Qual? Não posso ir lá fazer a minha matéria?
– Pode, mas sem o *notebook*.
– Ãhn?
– Pai, eu fiquei de entrar no *site* de relacionamentos e falar com a Laís.
– Não dá pra esperar o fim da greve?
– Quê?
– Tô brincando, filha. A greve pode durar uma semana, ou mais. Quero dizer apenas se não dá para esperar eu ir lá, passar umas horinhas enquanto você curte o hotel. Depois volto com a matéria pronta e envio pela internet através dos computadores do hotel mesmo. Aliás, por que você não os usa?

— Gosto de escrever no quarto. E fico horas com a Laís. Na sala de informática do hotel não vou ficar à vontade com aqueles poucos computadores à disposição e gente fazendo fila, esperando, espiando por cima do meu ombro.

André deu um suspiro.

— Tá bem. Você fica no quarto então, com o celular não só ligado como desocupado, por favor. Para eu poder de vez em quando saber notícias suas. Não quero me preocupar além da conta e perder o foco da matéria.

— Legal, pai. Mas como você vai tomar nota dos depoimentos? Em bloquinho e a caneta, como os antigos repórteres?

— Isso — mentiu André.

Deu tchau para a filha, foi numa loja no próprio aeroporto e alugou um *notebook*, pagando um seguro como garantia. Não contaria isso à filha, para deixá-la culpada. Sabia como Júlia era.

Depois se dirigiu a um balcão, entre tantos, onde uma multidão se apinhava e pessoas falavam alto, gesticulavam.

Trocando mensagens instantâneas...

Sofia diz: eu hj fui com a Júlia no teatro e depois lanchei

Eduarda diz: eu fiquei em casa

Sofia diz: amanhã vo saí com o pai

Eduarda diz: vc já viu o jogo da barbie no castelo com o fosso do jacaré?

Sofia diz: eu tenho

Eduarda diz: e o outro jogo do labirinto?

Sofia diz: qual?

Eduarda diz: a menina anda por caminhos cercados com muros altos

Sofia diz: naum

Eduarda diz: vc pode vir na minha casa jogar?

Sofia diz: perai vo fala com meu pai se ele me leva

Eduarda diz: legau

6
O HOMEM INVISÍVEL

TROCANDO MENSAGENS instantâneas...

Júlia diz: E aí, amor?

Dani diz: Saudade.

Júlia diz: Idem.

Dani diz: Como vocês estão aí?

Júlia diz: Bem, apesar do meu pai. Sabe como ele é, muito legal, mas bobo.

Dani diz: Seu pai não é bobo. Gosta é de se fingir que é.

Júlia diz: Aí é que mora o perigo.

Dani diz: Claro. Até quando vocês ficam?

Júlia diz: Vai depender da saudade.

Dani diz: Então volta agora.

Júlia diz: Tô indo no aeroporto comprar a passagem. Rsrsrsrs.

Dani diz: Sério. Quanto você calcula?

Júlia diz: Uns dez dias.

Dani diz: Ah, e tem a greve nos aeroportos.

Júlia diz: Meu pai tá lá, de bloquinho e caneta na mão, entrevistando pessoas.

Laís on line.

Laís diz: E aí, guria? Não me conta tudo, que o Dani tá por perto.

Júlia diz: Rsrsrsrs. Pois é. Mas o meu pai é pior que ele.

Dani diz: Então o seu pai andou dando alguma bronca? Por acaso você anda olhando demais pros lados e não é pro mar?

Laís diz: Eh, Dani, para com isso. A Júlia é de fé.

Dani diz: Eu sei. Mas eu não sou de fé, sou muito descrente... rsrsrsrs

> **Júlia** diz: Engraçadinho.
>
> **Dani** diz: Gracinha é você.
>
> **Júlia** diz: (Sorriso de convencimento somado à felicidade.)
>
> **Laís** diz: Poxa, até na internet a gente faz papel de chá de pera!
>
> **Dani** diz: O que é isso, "chá de pera"?
>
> **Júlia** diz: Ô, Dani, isso é uma expressão do tempo do meu pai. É que a Laís já tem idade pra tia. Rsrsrsrs. (Desculpa, amiga!) Significa segurar vela, entende? Nos antigos bailes, quando uma garota era tirada por um menino para dançar, a amiga que sobrava, que era dispensada, sentada no banco, diziam dela que era "chá de pera".
>
> **Laís** diz: E seu pai, já deu tempo de levar você pra conhecer a ilha?
>
> **Júlia** diz: Aquele lá? Quêêê... Agora mesmo está no aeroporto fazendo uma matéria que o jornal dele acabou de encomendar.
>
> **Dani** diz: My love, mas o sogrão é um escravo!
>
> **Júlia** diz: É um bobo.
>
> **Laís** diz: Coitado, miga. Coitado. Se mata trabalhando pra dar as coisas pra você.
>
> **Júlia** diz: Mas não quero nada que ele precise comprar. Quero é tempo. A companhia dele. Só.
>
> **Dani** diz: Epa, momosa. Tempo é uma coisa que a gente compra. E custa um dinheirão.

 André atendeu ao celular. Sempre um celular tocando. Um celular. Constante como o ar que respiramos. O que seria do mundo sem os celulares? E, no entanto, que inferno os celulares! Não se tinha um instante de paz. Nem nas férias.

 – Sim, Linhares. A coisa tá um horror. Gente que vai passar a noite aqui. O terminal, em dias de grande fluxo, movimenta aproximadamente quatro mil pessoas por hora. Sabe quanta gente está, neste momento, sentada no chão, escorada num canto, deitada com as mochilas como se fossem travesseiro? Segundo as cinco companhias aéreas com que falei, umas 20 mil, 20 mil, meu velho! Segundo a administração do aeroporto, não chega a tanto, é só a metade. Como se fosse pouco... Eles dizem que as companhias exageram. Pois é. Redigi sete páginas de Word, doze mil

caracteres, incluindo espaço. Deu um materião. Quente. Vê aí. Mandei por *e-mail* faz cinco minutos. Não chegou? Calma. Tá chegando...
Desligou e ligou para Júlia.
— E aí, filhota? Você tá na internet batendo papo, é? Diz pra Laís que eu mando um beijo. Pro Dani? Hmmm, você já deve ter mandado beijo suficiente. Implicante nada! Certo, escreve que eu envio um abraço aqui do *front*. Devo ficar mais meia hora nesse caos, para ver se descubro mais alguma novidade e depois pego um táxi, e vou para aí, tá, garota?
— Não tem pressa, pai.
— Sei. Você tá grudada no MEU *notebook* e eu aqui, de bloquinho e caneta em punho, escrevendo como posso. Quero ver se depois entendo os meus garranchos...
André fez questão de ser um tanto cruel. Não ia dizer a Júlia — não tão rápido — que alugara um *notebook* no aeroporto. Que estava livre do desafio invencível de ter de decifrar a própria e tortuosa caligrafia.

Trocando mensagens instantâneas...

Dani diz: E aeh, vão aonde?

Júlia diz: Barra da Lagoa, Galheta, Joaquina, Mole, Moçambique...

Laís diz: Só? Rsrsrsrsrs.

Júlia diz: ...não acabei. E tem as do norte da ilha, Canasvieiras, Daniela, Ingleses, Jurerê, Ponta das Canas, Praia Brava, Sambaqui, Santinho...

Dani diz: Mor, você decorou tuuudo isso?

Júlia diz: (Rindo) Claro que não. Tô com um fôlder aqui. Ainda tem as que ficam ao sul: Armação, Campeche, Lagoinha do Leste, Matadeiro, Morro das Pedras, Naufragados, Pântano do Sul e Ribeirão da Ilha.

Laís diz: Leu bem o fôlder?

Júlia diz: Li bem. Não deixei nenhuma de fora.

Dani diz: Quantas são?

Laís diz: Eu já ouvi dizer que são 42, mas a Júlia só escreveu a metade.

Júlia diz: Sei lá. É o que está no fôlder.

Dani diz: Esses fôlderes...

A matéria saiu com o rigor na apuração dos fatos e fluência do texto, marcas do jornalismo praticado por André. Linhares queria-o por perto. "Esse negócio de *correspondente* me deixa inseguro. Que porcaria de chefe de redação eu sou? Um sujeito com o talento, com o faro do André tem que estar aqui, do meu lado, me ajudando nas pautas."

– Linhares! Morar aí? Tá louco, rapaz... A casa da gente é a casa da gente. Hmmm. Cara, claro que eu conheço essa: jornalista não tem casa. Mas te pergunto: não tem filho? E vou arrastar duas filhas – de duas mulheres diferentes – comigo, praí? Impossível. E sem elas não vou mesmo. Pera lá. Sei, Brasília é um cenário sob medida para um jornalista acompanhar todas as questões importantes que envolvem o país e blá-blá-blá. Tô sabendo, óbvio. Mas e a minha vida? Ah, o jornalismo é que deve ser a minha vida... Você sabe mais da minha vida do que eu mesmo! Bem, desculpe, Linhares, você é quem manda, mas o jornalismo é UMA das partes da minha vida. E não é a mais importante. Ah, Linhares, não amola. É claaaro que eu sei que se não sustentar minhas filhas não adianta nada ficar do lado delas. Quer dizer, não tenho certeza disso. Hoje o conceito de "sustentar" está muito complicado. Ficar do lado delas, mesmo sem um mísero no bolso, é ficar do lado delas. Tenho diálogo, amizade, amor (desculpe a palavra se ela te dá engulhos). Você acha então que elas preferem um pai que pague todas as contas e só apareça duas vezes por ano, no Natal e no aniversário delas, e nos outros 363 dias seja o Homem Invisível?

7

VOLTAM OS AVIÕES A SUBIR

REIVINDICAÇÕES

Fim das perseguições e retorno imediato dos representantes de associações e supervisores afastados de suas funções de origem; criação de uma gratificação emergencial para os controladores; início da desmilitarização com absorção voluntária da mão de obra dos atuais controladores; nomeação de uma comissão com representantes do Executivo e dos controladores (civis e militares), para acompanhar as mudanças no tráfego aéreo nacional. Mudanças devem ser assumidas formalmente pelo governo federal.

"É um manifesto de um grupo de militares insatisfeitos não só com a situação de trabalho, mas com as represálias dos comandos", explica Jorge Botelho, presidente do Sindicato Nacional dos Trabalhadores na Proteção ao Voo. Ele convocou uma assembleia com controladores para segunda-feira, mas reconheceu que a situação saiu do controle. Na página da Associação Brasileira dos Controladores de Tráfego Aéreo (ABCTA), uma nota dá o tom dos ânimos da categoria, que articulou o protesto de ontem sem o aval das entidades representativas. 'A ABCTA sempre pediu paciência e calma para seus associados, pois havia encaminhamento das demandas dos controladores. Agora, não temos mais isso!', diz o comunicado.

É evidente que se espera dos controladores de voo decisões mais refletidas antes de uma posição drástica como a que foi tomada na última sexta-feira. Eles não podem adotar medidas radicais como a paralisação pura e simples de todos os aeroportos. O governo federal, por sua vez, não pode mais continuar a empurrar essa crise com a barriga. Os passageiros já sofreram bastante e esperam uma solução imediata.

Em todos os aeroportos, principalmente nos das grandes cidades, muita confusão e até lances de desespero. Inconformadas com a situação, as pessoas tentavam, em vão, pedir explicações à Infraero, mas nada havia a fazer. Entre os casos mais graves está o do passageiro Luiz Fernando Mosca, 54 anos, que morreu de enfarte na manhã de sexta-feira em um hospital de Curitiba, depois de passar mal no aeroporto Afonso Pena, de São José dos Pinhais, à espera do voo que o levaria a Porto Alegre. Houve outros problemas semelhantes, mas sem ocorrências de morte, felizmente.

Mas, antes de atirar pedras nos controladores de voo, é preciso que se leve em conta alguns dados importantes. O Ministério Público do Trabalho de São Paulo divulgou no dia 11 de fevereiro último o resultado de um inquérito no qual aponta que há "riscos reais" de um novo acidente aéreo no país, devido às más condições de trabalho dos controladores de voo.

A Procuradoria informa que esses trabalhadores que estão em atividade não receberam o treinamento devido e também que não há respeito às normas de descanso dos controladores treinados.

AEROPORTOS VOLTAM À NORMALIDADE

Injeção de dinheiro e troca de nomes à frente de instituições ligadas ao serviço aéreo põem fim à greve dos controladores de voo. A grave crise aérea (setor essencial para o funcionamento do país) que fora deflagrada há três meses parece ter chegado ao fim. Naturalmente, a normalização dos serviços prestados à população se dará progressivamente. Mas já se nota uma imediata regularização em significativo percentual dos voos marcados. Não se vê passageiros deitados nos carpetes dos aeroportos, atravessando noites. E os céus estão menos desertos.

Meses depois do início da crise aérea, são fortes os sinais de que o titular do Planejamento, Paulo Bernardo, pode mesmo ser deslocado para o Ministério da Defesa no lugar de Waldir Pires. Bernardo já foi sondado duas vezes, a pedido do presidente Luiz Inácio Lula da Silva, que precisa de uma solução rápida para dar resposta à sociedade. Lula decidiu substituir Pires logo após a tragédia com o avião da TAM.

Bernardo prefere continuar à frente do Planejamento, mas não criou obstáculos para assumir a tarefa e até agora é a opção considerada mais forte. O presidente, porém, não bateu o martelo sobre sua transferência e ainda examina outros nomes para ocupar a cadeira de Pires. O governo também sondou Nelson Jobim, ex-ministro do Supremo Tribunal Federal (STF), que, polidamente, recusou o convite.

Lula segurou Pires o quanto pôde no cargo, mas hoje tem pressa em substituí-lo. Avalia que, a partir daí, haverá mudanças de métodos de trabalho e maior integração entre as várias siglas que hoje cuidam do espaço aéreo brasileiro. O presidente também decidiu trocar o presidente da Infraero, brigadeiro José Carlos Pereira. O major brigadeiro do ar Jorge Godinho Néri é hoje o mais cotado para comandar a secretaria executiva do Conselho Nacional de Aviação Civil (Conac).

Filiado ao PT e um dos maiores defensores do controle de gastos públicos no governo, Bernardo é o padrinho da proposta que prevê a abertura do capital da Infraero. Sua ideia, que havia sido discutida ainda no primeiro mandato e acabou engavetada, foi novamente apresentada ao presidente uma semana antes do desastre com o Airbus da TAM.

Na ocasião, o ministro do Planejamento disse a Lula que, para solucionar a crise aérea, era preciso dinheiro. "Não adianta criar carreira para controlador de voo nem desmilitarizar o setor", afirmou. "O Plano de Aceleração do Crescimento (PAC) destina pouco mais de R$ 3 bilhões para essa área, mas isso é muito pouco." Foi Bernardo que, no fim de março, negociou o fim da greve dos controladores de voo, a mando do presidente, que estava nos Estados Unidos. A intervenção, porém, desagradou ao Comando da Aeronáutica. Os controladores retornaram ao trabalho, mas o governo não cumpriu sua parte no acordo e as operações-padrão continuaram meses a fio.

Pelos cálculos apresentados pelo ministro do Planejamento, seriam necessários investimentos de R$ 15 bilhões para pôr nos eixos o sistema aéreo e desafogar os aeroportos do país. A venda das ações da Infraero – com a manutenção do controle acionário pelo governo – é a mais nova alternativa em estudo para debelar a crise.

Que sobe e desce.

Júlia não se contém. Pega o celular e disca. Daniel atende.
— Oito dias, minha flor! Vem de carroça, mas vem logo. Tô indo pro hospital...
— Hospital?
— Sim. Doente. Doença grave. Saudade.
— Besta!
— Ah, sim. "Bobo" é uma palavra reservada ao seu pai.
— Besta mesmo! Olha, mor, vamos ao que interessa. Você leu o *Correio Braziliense* de hoje?
— Ó, queridota, tá maluca? Eu não compro esse jornal, não. Sei que o sogrão escreve nele, mas, pôxa...
— Tá bem, mas compra. Tem na banca da rodoviária. E do aeroporto. E lê. Olha que matéria o meu veinho escreveu.
— Compro com uma condição.
— Qual?
— Que você volte correndo.
— Voando, você quer dizer.
— Claro.
— Vou ver com meu pai. A gente só viu, até agora, cinco praias.
— É suficiente!
— Admito. Foi mesmo. Bom, tenho de desligar, ele tá chegando com uuuma cara... Depois ligo para você.

— Se arrume, menina. Quero dizer: se desarrume. Vamos passear.
— Pra onde, pai?
— Ué! Pras praias.
E foram. Únicas atrações de Florianópolis, na opinião de André, mas queeeee atrações. Entre as melhores do país, rivalizando com as do Nordeste, mas com um calor mais temperado e sem o vento que bate lá em cima.
André fez uma surpresa. Levou a filha ao Mirante do Morro da Cruz, situado num lugar estratégico, o ponto mais alto da ilha. De lá, se via todo o continente e até o outro lado da cidade. Nada de praia. Um mirante, para olhar mais que praias, e incluindo praias, claro.

Entardecia. Tinham chegado ali passava das duas. Júlia estava com cara de cansada.
— Amanhã vamos fazer passeio ecológico?

— E eu quero lá saber de mato, pai? Sou bicho urbano. Mar, sim, é diferente.
— Turismo termal?
— Programa pra veinho como você. Tô longe de chegar nos 45. Nada feito.
— Trilhas.
— Não sou índio, pai. Chega!
— Mas, afinal, o que você quer?
— Tô com saudade de casa.
— De casa ou do...
— Pai, a viagem foi ótima, interessante, aconteceu de tudo, a gente jantou fora, foi a algumas praias, ir a todas seria um exagero, uma coisa sem sentido, a gente se perdeu um do outro, você trabalhou, eu tive a minha privacidade in-dis-pen-sá-vel com o *notebook*. Melhor impossível. Agora chega. Preciso descansar dessas férias.
André sorriu. Entendeu. Tinha dado tudo certo, afinal de contas.

Lembra dessa viagem com um prazer que nunca diminuiu. Com uma mistura de orgulho de tê-la feito com a filha e de culpa por não poder repeti-la tão cedo, e levar junto Sofia, Ana, Laís... tá, e o Dani!

8
A ESCOLHA IMPOSSÍVEL

ANDRÉ RECEBEU UM *E-MAIL*. Um longo *e-mail*. Linhares o queria em Brasília. E logo. "Porto Alegre é muito provinciana", disse. E arrematou "desculpe". Argumentava que um profissional como André tinha de estar à frente do *front*, no campo de batalha. Iria para Brasília e talvez depois para o Rio, São Paulo, ia ver. Nalguma dessas sucursais. Cenário a perigo permanente. O pulmão do Brasil doente. O coração social prestes a enfartar. A violência, o caos em cada canto, o trânsito, os bolsões de miséria, os moradores de rua, as novas religiões criadas para multiplicar templos que nada mais eram que caça-níqueis de pobres carentes de fé e dispostos ao sacrifício de serem roubados em nome de Deus. E a vida cultural. Tudo isso tinha em Porto Alegre, mas tão modestamente que quase não dava matéria digna.

André teria de escolher. Escolher? Em Brasília ganharia, garantidos, três vezes mais do que ganhava atualmente – e sem garantia alguma em sua cidade. Mas seriam 1.600 km de distância de Porto Alegre. Pior: 1.600 km de Júlia, de Sofia. 1.600 km da paternidade.

Distante, não deixaria de ser pai, diziam, mas isso era só conversa mole. Quem consegue ser pai a 1.600 km de distância?

A escolha estava feita. Aliás, nunca seria feita, e jamais o foi. Continuou com o velho emprego. Jornalista pago modestamente. Não podendo oferecer tudo o que Sofia pedia e sonhava, tudo o que Júlia precisava. Não podendo mesmo.

Porém, estava ali, estaria ali, próximo a elas, vendo-as rirem, chorarem, crescerem, mudarem, viverem, sem precisar recordar delas porque seriam seu permanente agora, seu eterno presente. Para sempre. Até que o embrulhassem num caixão dentro do qual ele já não sofreria pela dor das duas.

9
SEM BAGUNÇA E SEM PAZ

– PAI, QUANDO EU VOU conhecer o mar?

Sofia, aos seis anos, nunca tinha ido à praia. André lembrou-se novamente da única viagem que fizera com Júlia. Não conseguia esquecê-la porque fora a única e fora única, inesquecível, inigualável. Se tivesse feito vinte viagens, acreditava que aquela seria única.

Agora repetia com Sofia o que fizera com Júlia: demorara tanto para levá-la a umas merecidas férias.

– Filha, o pai vai viajar por uns tempos. Um mês. Vai só ver como é que fica. Depois volta e aí a gente vai pra praia, tá?

Sofia não entendeu direito a extensão de "um mês" sem ver o pai.

– Tá.

Deixaram-na na casa dos pais de Ana quando foram ao aeroporto para se despedirem. André era, aos 45, órfão. Perdera a mãe há seis anos e o pai há dois. Ainda doía muito.

– Você tem certeza de que não devíamos ter trazido a Sofia?

– Tenho. Eu não ia aguentar, ia ser aquela choradeira.

– Tá.

– Se cuida.
– Se cuida você também.
– Não tem perigo. Aquele lugar é horrível. Aquilo não é cidade.
– E a Júlia, por que você não a convidou para vir se despedir?
– Não consegui. Escrevi um longo *e-mail* para ela. Longo e, espero, caprichado.
– Então vai logo. Embarca antes que eu fique mal.
– Não fica. Tem a Sofia te esperando.

Ana caminhou quase correndo na direção do estacionamento e André adivinhou que ela chorava.

No avião, as ideias em caleidoscópio. O futuro, qual seria? A manhã seguinte, sem elas três? Sem o cheiro característico de algumas ruas que ele conhecia há décadas?

Para começar, o amor por uma filha de seis anos é carregado de um sentido de urgência e de fantasia. A pressa natural da infância, que quer tudo para agora, para ontem. E o imaginário quase em limites. Imaginação de criança vive viajando por paraísos, quando se sente feliz, ou por territórios aterrorizantes, quando é de noite, há barulhos suspeitos ou inexplicáveis, e a agitação tomou conta da cabecinha.

Já o amor por uma filha de 21 anos... Verdade: trata-se de uma adulta. Jovem mas adulta. E o pai dessa garota – garota que, aliás, mora sozinha – vive um dilema: não pode mais pegá-la no colo, não pode mais tratá-la (mesmo que ele deseje muito) como se fosse um criancinha indefesa.

Criancinha ela não é mesmo.

E indefesos somos todos nós.

Ou não. Mas aí depende da coragem de cada um em enfrentar os desafios.

Aquilo que André estava fazendo era coragem?

Se foi, durou exato um mês. O tempo de receber um salário e logo em seguida escrever um longo e caprichado *e-mail* ao Linhares.

Que respondeu dez minutos depois, num telefonema para a mesa de André, na redação.

– Você tá louco?
– Tava, quando vim.
– Traga-as para morarem aqui.

– Não dá. Têm suas vidas em Porto Alegre. A Ana a seus pais, com uma idade que já não admite mudanças. A Júlia com uma amiga inseparável e um namorado que, pelo jeito, apareceu na vida dela para ficar. E tem a mãe da Júlia, que não vai ficar longe da filha. Eu teria que trazer um pedaço de Porto Alegre para tornar minha vida suportável.
– Você é um mole... – Tentou brincar o Linhares.
– Você é solteiro, não tem filhos? – André provocou.
– Sou separado e meus filhos moram em Curitiba. Por isso, eu acho, tento viver como se isso não tivesse toda a importância do mundo. Mas não consigo me enganar nem enganar você.
– Obrigado.
– O ruim da história é que tenho um ótimo profissional trabalhando longe de mim, produzindo 20% do que poderia produzir.
– É o preço. E nós dois pagamos.
Ele concordou, afinal.

10
HORA DE NUNCA MAIS PARTIR

– OLHA SÓ QUEM tá aí!
Um séquito esperava por André. As filhas, a mulher, o namorado de Júlia e a amiga da filha mais velha.
– Oi, paizão! – Júlia quase gritou, largando o abraço do Dani, engalfinhando-se no pai, rindo.
Laís só olhando.
Sofia quieta, enrodilhada nas pernas da mãe.
– Oi, filha...
Sofia virou pro lado.
– Você tá me procurando? Tô aqui, ó!
Sofia riu, envergonhada. André não perdeu tempo. Beijou a bochecha de Júlia, largou-a e caminhou em direção a Sofia. Brincou de roubá-la de Ana, pegou-a pelas mãos, saiu rodopiando com ela esticada no ar, praticamente na horizontal, os pés quase atingindo um casal que passava.
– Opa, desculpem...

O casal sorriu.
— Então, paizão, de volta pra sempre.
— Pra sempre, Júlia. Não deu. O emprego paga bem. Aqui o mercado é modesto. Ganho pouco menos de metade que ganharia lá. Mas o que perco sem vocês...
— Escolha difícil, né, sogro — comentou Dani.
— Difícil, velho, difícil.
— "Velho"? — riu Júlia.
— Ué, vocês já não estão namorando há três anos? O carinha tá envelhecendo no posto...
— Olha a maldade, pai!
— E tu, Laís, solteira ainda?
— Mais ou menos.
— Opa, as coisas esquentaram na minha ausência.
Laís ficou sem saber o que dizer.
Júlia conhecia o pai. Sabia que ele às vezes não tinha freio.
— Para, pai, você tá deixando ela sem jeito.
— Então parabéns, Laís. Ou melhor, parabéns pro felizardo.
— Obrigado, tio.
— Retira o "tio" agora mesmo ou retiro os parabéns!
— Retiro.
Riram. Júlia, Dani e Laís deram tchau e saíram pelo aeroporto. Iam dar uma volta, parar em uma lanchonete.
André, Ana e Sofia, encarapitada no pescoço do pai, foram ao estacionamento buscar o carro. Direto para casa. André estava cansado. Não da viagem, mas da emoção.
— Pai — perguntou Sofia —, quando a gente vai pra praia?

Júlia lembrou-se que nem tinha se despedido direito da irmã, do pai e de Ana. Ficou olhando os três — já entregues a provocações, rindo — encaminharem-se na direção do estacionamento.
Pensou que, de certa forma, era até estranho que nem ela nem Sofia tivessem estado um minuto sequer (que dirá nove meses) dentro da barriga daquele homem cujo coração parecia prestes a estourar cada vez que estava com alguma delas, principalmente com as duas. E lembrou-se então do que ele dissera sobre ser pai: "a única desvantagem é, no começo de tudo, ter de esperar por vocês durante nove meses, enquanto a mãe sente cada movimento e o pai tem que aguentar sua própria impa-

TRÊS PAIS

Hamlet, William Shakespeare
Carta ao pai, Franz Kafka
Pai embrulhado para presente, Paulo Bentancur

SUPLEMENTO DE LEITURA

Três pais apresenta três narrativas que se passam em épocas e lugares muito diferentes. Em comum, as relações entre pais e filhos, que imprimem marcas em suas vidas e provocam sentimentos que envolvem amor, cumplicidade, amizade, mas também, conflitos e ressentimentos. Em *Hamlet*, texto originalmente escrito como peça teatral no início do século XVII, o cenário é a Dinamarca. Nessa trama, nem mesmo a morte impede o encontro do rei assassinado com seu filho, o príncipe Hamlet. Em *Carta ao pai*, o escritor Franz Kafka busca, ainda que de forma angustiada e cheia de mágoa, estabelecer contato com o pai prepotente e distante. Em *Pai embrulhado para presente*, narrativa contemporânea que se passa em Porto Alegre, acompanhamos um pai amoroso, que experimenta a paternidade sem reservas com suas duas filhas. Se são diferentes as perspectivas pelas quais as relações entre pais e filhos são apresentadas nessas histórias, por outro lado, elas mostram o quanto este relacionamento é essencial na vida de todos nós.

POR DENTRO DOS TEXTOS
Enredos

1 Nas três histórias que compõem este volume, as relações entre pais e filhos apresentam várias nuances. Destaque alguns sentimentos que permeiam esses relacionamentos:
a) Rei Hamlet e príncipe Hamlet: _____

b) Franz e seu pai: _____
c) André, Sofia e Júlia: _____

2 *Hamlet* é a adaptação de uma das mais belas peças teatrais de William Shakespeare e, segundo os especialistas, da literatura de todos os tempos. Trata-se de uma tragédia que envolve amor, traição, vingança, luta pelo poder, morte, entre tantas questões que acompanham o homem desde sempre. Em grupo, selecione, nesta adaptação, situações que caracterizam as tragédias.

_____
_____
_____
_____
_____
_____
_____

3 Em *Carta ao pai*, acompanhamos uma espécie de acerto de contas do filho – o escritor Franz Kafka – com seu pai. Quais são as razões, de acordo com o texto, para que Franz nutra tantos ressentimentos contra seu pai?

_____
_____
_____
_____
_____
_____
_____
_____

4 Apesar da mágoa revelada em sua carta, Franz não deixa de reconhecer qualidades em seu pai e aspectos positivos de seus sentimentos em relação ao filho, o que revela a complexidade das relações entre pais e filhos. De acordo com essa perspectiva, discuta com seus amigos a passagem ao lado:

9 Em sua opinião, o que o fato de Franz, de *Carta ao pai*, ter iniciado sua carta com "Querido Pai" revela sobre ele e seus sentimentos?

_____
_____
_____
_____
_____
_____
_____
_____

10 Leia a seguinte passagem de *Pai embrulhado para presente*:

Amor muda quando a pessoa amada é outra. A gente ama uma pessoa de um jeito – o jeito que ela tem – e outra pessoa a gente ama de outro jeito. Sendo pessoa diferente, o que sentimos, mesmo sendo amor, não é o mesmo amor, é sempre outro.
No caso, André amava as duas filhas, e muito. Mas cada uma de um jeito que nem ele saberia explicar. Bem diferente, é certo. (p. 51-2)

Você concorda com esse ponto de vista? Converse com seus colegas sobre esse assunto.

_____
_____
_____
_____
_____
_____
_____
_____
_____
_____
_____

LINGUAGENS

11 A linguagem é a matéria-prima da literatura. Ela nos permite observar determinados estilos, que variam de escritor para escritor. A organização estética da linguagem é muito diferente em *Hamlet*, *Carta ao pai* e *Pai embrulhado para presente*.
O que poderíamos destacar nas linguagens empregadas nessas histórias?

12 O trecho abaixo é o primeiro parágrafo do conto *A cartomante*, de Machado de Assis, no qual o autor faz referências à obra *Hamlet*, de Shakespeare.

Hamlet observa a Horácio que há mais cousas no céu e na terra do que sonha a nossa filosofia. Era a mesma explicação que dava a bela Rita ao moço Camilo, numa sexta-feira de novembro de 1869, quando este ria dela, por ter ido na véspera consultar uma cartomante; a diferença é que o fazia por outras palavras.

ATIVIDADES COMPLEMENTARES

(Sugestões para Língua Portuguesa, Literatura, Artes, Teatro e Música)

14 Em grupo e com a ajuda de seus professores, retome os textos redigidos no item **Produção de textos** para preparar sua apresentação dramatizada para a classe. Este trabalho envolve:
a) Distribuição das personagens entre os grupos;
b) Preparação da apresentação dos textos (cada grupo poderá escolher se fará uma leitura dramatizada ou se irá decorar suas falas);
c) Ensaio para a apresentação.

15 A apresentação poderá ser feita apenas para a classe ou também para outras turmas. Se a escola possuir um auditório, poderá ser preparado um trabalho mais elaborado, com a criação de cenários e figurinos, inclusão de trilha sonora etc.

16 Já foram realizadas algumas versões de *Hamlet* para o cinema. Procure assistir a uma das versões e compare-a com o texto adaptado por Paulo Bentancur. Depois, discuta diferenças e semelhanças.
Sugestão: *Hamlet* (*Hamlet*, 1996, EUA. Dir.: Kenneth Branagh).

Anos depois entendi que você de fato se preocupava com os filhos, mas sua conduta me impedia de enxergar isso.
Havia, sim, momentos raros e bonitos, em que você sofria em silêncio. Então eu podia notar. E valorizava-os, comovido.
Cenas como as tardes de verão, quentes, em que você quase adormecia, cansado, os cotovelos apoiados no balcão da loja, sem uma queixa, entregue ao sacrifício de lutar por nós. Ou quando minha mãe esteve doente e você, chorando, agarrou-se numa estante de livros, trêmulo. Ou ainda numa das vezes em que estive doente e você chegou à porta do quarto, ficou olhando, só não entrou por evidente consideração, para não me perturbar, cumprimentou-me com a mão e saiu em silêncio. (p. 42)

5 Comente as razões do conflito vivido pela personagem André, de *Pai embrulhado para presente*, em relação à proposta para trabalhar como jornalista em Brasília.

Focos narrativos

6 As três histórias reunidas neste volume são contadas de pontos de vista diferentes pelo narrador.
a) De que pontos de vista são apresentados os fatos em *Hamlet* e *Carta ao pai*?

_____
_____
_____
_____
_____

b) E em *Pai embrulhado para presente*?

_____
_____
_____
_____
_____

7 Franz Kafka escreve sob a forma de carta. Comente os efeitos que o texto escrito deste modo provocaram em você?

_____
_____
_____
_____
_____
_____
_____
_____
_____
_____
_____

Personagens

8 O príncipe Hamlet é uma personagem atormentada. Em grupo, converse com seus amigos sobre as razões do desespero de Hamlet, de acordo com o texto.

_____
_____
_____
_____
_____
_____
_____
_____
_____
_____
_____
_____
_____

a) Em grupo, faça uma pesquisa sobre o escritor Machado de Assis e leia o conto *A cartomante*.

b) Machado de Assis faz alusão a uma frase bastante conhecida, na qual Hamlet afirma a seu amigo Horácio: "Há mais coisas entre o céu e a terra, Horácio, do que pode sonhar tua vã filosofia." Desse modo, *A cartomante* estabelece uma espécie de *diálogo* com *Hamlet*. A esta espécie de conversa entre obras de diferentes autores dá-se o nome de *intertextualidade*. Em grupo, dê sua opinião a respeito do conto e comente as referências feitas a Hamlet nele.

PRODUÇÃO DE TEXTOS

13 Em grupo, selecione capítulos ou passagens de uma das narrativas de *Três pais* para reescrevê-los como cenas teatrais para serem apresentadas para a classe. A seguir, sugerimos alguns passos para realizar este trabalho:

- Relembre os acontecimentos da história como um todo;
- Selecione as situações e personagens mais importantes dos capítulos ou passagens escolhidos;
- Escreva as cenas. Considere aspectos como a clareza da linguagem e a organização da ação. Além dos diálogos, você poderá utilizar recursos como o de criar um narrador para contextualizar as situações representadas ou explicar a ação.

ciência, vendo tudo das arquibancadas.". Não era bem assim, claro, mas o pai de Júlia sempre fora um exagerado.

No banco traseiro do carro, Sofia resistiu: não queria pôr o cinto de segurança.
– E se o carro bater, filha? – André perguntou, tentando convencer a filha menor.
– Ué, você me segura, pai.
É. Ele segurava.